一路玩来是长大

——阳光女孩范姜国一的成长笔记

范姜国一/著

北京师范大学出版集团
BEIJING NORMAL UNIVERSITY PUBLISHING GROUP
北京师范大学出版社

图书在版编目（CIP）数据

一路玩来是长大：阳光女孩范姜国一的成长笔记／范姜国一著．—北京：北京师范大学出版社，2013.1

ISBN 978-7-303-15791-4

Ⅰ.①一…　Ⅱ.①范…　Ⅲ.①散文集－中国－当代
Ⅳ.①I267

中国版本图书馆CIP数据核字（2012）第282951号

营销中心电话　010-58805072 58807651
京师心悦读新浪微博　http://weibo.com/bjsfpub

YILUWANLAI SHI ZHANGDA

出版发行：北京师范大学出版社 www.bnup.com.cn
北京新街口外大街19号
邮政编码：100875

印　　刷：北京中印联印务有限公司
经　　销：全国新华书店
开　　本：170 mm × 240 mm
印　　张：18.5
字　　数：150千字
版　　次：2013年1月第1版
印　　次：2013年1月第1次印刷
印　　数：1～30000册
定　　价：28.00元

策划编辑：谢雯萍　　责任编辑：谢雯萍
美术编辑：袁　麟　　装帧设计：红杉林文化
责任校对：李　菡　　责任印制：孙文凯

/代　序/

快乐童年千金难买

池塘边的榕树上　知了在声声地叫着夏天/操场边的秋千上　只有蝴蝶儿停在上面/黑板上老师的粉笔还在拼命唧唧喳喳写个不停/等待着下课　等待着放学　等待游戏的童年……

这是很多家长都熟悉的一首歌——《童年》，每每听到这首歌，就会让东子想起自己的童年。

那是一个物质贫乏的童年，却是一个快乐无忧的童年。每当思绪飘过清苦的记忆，停留在快乐玩耍的层层剪影上时，儿时的伙伴、做过的游戏、发自内心的欢笑，便常常在梦中萦绕……

放学后书包往家里的炕上一扔，人刺溜就钻出了门。大家三五成群聚到一起，春天玩扔坑、推圈、踢毽子，夏天去河里抓鱼摸虾，秋天到广阔的田野里捕鸟，躲到麦堆里捉迷藏，而冬天好玩的游戏就更多了，坐雪爬犁、甩陀螺、打雪仗、堆雪人……

一年四季，365 天，几乎每天都要玩到星星露头，各家门口出现母亲的身影，响起“回家吃饭了……”的呼唤，大家才玩兴未尽地各自散去。

唉，童年里的乐事太多太多了，它就像一条小河，一首夜曲，轻轻袅袅地流淌、回荡在心底，什么时候想起，都会生出留恋和神往的情思……

再看看今天孩子的童年：

一个幼儿园大班的孩子对我说：妈妈干吗给我报那么多班让我去学，我想多玩会儿；一个小学三年级的孩子，带着一脸的无奈对我抱怨：活着真没劲，不能开心地玩，不能做自己喜欢做的事，活着仿佛只是学习、考试；一个小学五年级孩子离家出走后，给我打来电话：每天都有写不完的作业，我厌烦透了；一个初二的孩子在我的博客留言说，他讨厌上学，学校就像一座监狱，他甚至连犯人都不如……

多年从事青少年心理咨询工作中，无论是接听心理咨询热线，还是阅览读者来信，抑或是作演讲报告，总能听到孩子们沉重的倾诉和幽怨的叹息。这样的叹息从天真的孩子嘴里发出来，让人听了心碎。为什么本该快乐的童年却被这样的叹息笼罩着呢？根源只有一个：沉重的学业压力。

如果问现在的孩子：童年是如何度过的？相信问多少个孩子，答案都是一样的，那就是：在题海中，在各式各样的培训班里，在高压下，在分数前……

就这样，从学校到家中，从老师到家长，孩子终日面对的是沉重的希冀和超负荷的书包、无休止的作业和没完没了的补课……

可是，如此教育给我们带来了什么呢？

孩子们唱着“上学最早的，是我；回家最晚的，是我；玩得最少的，作业最多的，睡觉最迟的，最累最困的，是我是我还是我……”开始厌学、逃学。有的孩子不堪重负采取了极端行动，关于中小学生自杀的报道屡见报端。一个12岁的小姑娘在遗书中说：“我从来都感受不到快乐，我死了，再也不用学习和做作业了……”

一声声啼血的呐喊不由得让人哽咽，越来越多的孩子的童年快乐被无情地剥夺，仿佛稚嫩的花苞还没有来得及绽放，就在一声声催促中凋谢了……

当孩子们照相的时候，需要喊着“茄子”才能挤出类似笑容的表情。

我就想大声发问：孩子的快乐哪里去了？

残酷的现实告诉我们：一味地追寻什么成功教育，以考北大上哈佛为目标，而忽略孩子的感受，必然会扼杀孩子应有的快乐。成功固然很重要，但它却不能代替快乐。一个对事业、生活缺少乐观态度的人往往是很难取得成功的。让孩子从小体验快乐，成为一个快乐的人，这比成功更为重要。

而忽略孩子的快乐感受，就是对孩子的漠视，就是育人者的失职！

快乐是人终生的追求，而童年不快乐又哪来未来的幸福？

我在做心理咨询时，发现很多成年人的心理问题不是昨天或前天产生的，而是童年的心理阴影所致。比如当年同学起的一个绰号，老师的一次误解，家长错误的指责……

这些看似不大的举动，却给幼小的孩子以终生的伤痛。

所以说，爱孩子，就要给孩子一个快乐的童年。

有了这样的教育理念，也就有了我的女儿范姜国一的“一路玩来是长大”。女儿的《玩过小学》和《范姜国一的快乐初中》出版后，引来很多媒体和家长的关注，人们想知道她是如何仅用三年半时间“玩”过小学的，又是怎样用两年半“乐”过初中的；想知道这个被媒体誉为“中国最阳光的女孩”是如何快乐成长的；想知道她是如何在快乐的玩耍中，还取得了学业和综合素质双赢的高分高能的。

为了回答家长的疑惑，为了与小朋友们共同分享成长的快乐，刚刚迈进大学的女儿推出了这部——《一路玩来是长大》。

有些人一听说我倡导快乐教育，就认为只注重孩子的快乐玩耍，而忽略孩子的学习，不注重孩子的分数，其实，这种想法是错误的。我所倡导的快乐教育是素质教育的组成部分，快乐教育也罢，素质教育也罢，都不是不管学习不要分数，而是科学的学习，淡化分数。

我对女儿的学习要求是：第一要掌握基本知识；第二要在生活中加以应用，至于分数和名次我没有特别的要求，只是告诉她不要扯班级的后腿，要保持中上水平。我虽然也和所有的家长一样，希望孩子考满分得第一，可我从未要求她考多少分得第几名。结果呢，她从小学、初中到高中一直处于班级的前几名，最终以全年级第 5 名（全年级 800 多个孩子），超过吉林省一本（重点）录取分数线，高分考入黑龙江大学，为她的基础教育学习阶段画上了一个圆满的句号。

这就是我所说的高分，不是最高，而是较高。因为分数差几分十几分甚至几十分，对孩子的成才影响不大，关键是要孩子“学会、弄懂、能用”。

“能力是生存之本”这是我常说的一句话，我本人就是这样一路成长起来的。所以，教育的最终目的不在于孩子学了多少文化知识，考了多少分，而在于他是否成为一个完整的人，一个全面发展的人，一个具有一定生存技能的人。

由此，“高能”注入了范姜国一的血液里，为此我为孩子提供一切便利，培养拓展她的综合能力：洗衣、买菜、做饭、修鞋，就连针线活也能做；我讲课需要课件她给我做；电脑出了问题她来做系统维护；清明乡下祭祖，故里探望奶奶，女儿做了爸爸的特使……

“品行是人生之基”这是我常说的另一句话。所以，我十分注重女儿品行的培养。我们培养领导干部，经常提到“德才兼备”，就是说仅有才能是不够的，必须要有良好的品德。其实，就品行而言，不仅仅是对领导干部的要求，而是每一个人都应该具备良好的品行，否则就无法成为一个健全的人。依依之所以孝顺长辈、懂得感恩、乐于助人，都是我对她品行培养的结果。

在很多家长羡慕女儿跳级、出书时，我更得益于孩子所拥有的这份快乐。

快乐童年千金难买，给孩子快乐，就等于给他买一份终生的精神保险。童年的快乐，是一生幸福的蓝本；拥有快乐的童年，才会拥有未来幸福的人生！

愿天下的孩子都能如范姜国一一样玩着长大，健康成长，快乐成才！

东　子

2012 年岁末于长春

/目 录/

小学篇

一年级（2002 年 8 月—2003 年 7 月）： 不像学生的学生

小学篇

一年级（2002年8月—2003年7月）：不像学生的学生

二年级（2003年8月—2004年1月）：稀里糊涂跳了级

三年级（2004年3月—2004年7月）：玩出花样好学生

四年级（2004年8月—2005年7月）：从省城玩到乡村

五年级（2005年8月—2006年3月）：再玩一年上中学

一年级（2002 年 8 月—2003 年 7 月）：不像学生的学生

初做小学生

时光荏苒，岁月就像一颗流星，在璀璨的星空中一闪即过，虽然稍纵即逝，但在记忆中留下最美丽的光芒。

春秋变换，夏冬交替，一路玩来站在花开烂漫的路口，蓦然回首，我走过的脚印清晰可见，往事一一浮现在眼前，我仿佛看到了十年前那个背着小书包初做小学生的我。

那一天是 2002 年 8 月 20 日。

清晨的阳光刚钻进我的小屋，我就兴奋地睁开了眼睛，迅速地穿戴整齐，麻利地吃完早饭，背上前一天晚上就准备好的新书包，像一个小士兵笔直地站在门口，等待着被“护送”到我充满了期待的学校。

第一天的学校生活并没有上课，而是进行了一次最不严格的考试。因为接受考试的考生都是五六岁的小豆丁，我们这群小孩子中大部分根本就不知道考试的规则，所以几乎没有人在认真地答卷子。据说当时生性开朗的我在一个小时的考试中，一直忙着和旁边的一个小姑娘沟通感情，直到快要收卷的时候，我才开始拿起笔，对着卷子随心所欲地圈圈画画，然后就像完成了一件大事一样，郑重并开心地交了卷子。也不知道是不是把题都答完了，我考了多少分更无从得知。

如果凭那次考试结果来定夺一个学生的成绩或者学习情况，我可能就是全班的倒数第一了，老师也许会认为我是一个基础差或者很笨的孩子。不过幸运的是，我遇到了一个好老师。我的班主任田老师是一个笑容美丽的年轻女老师，她认为分数不能评判一个学生的好坏，这与我老爸的教育思想相当一致，所以老师并不重视那次考试的分数，也不会给我们排名次。就这样，那次考试仅仅成了我的一场小型交友会。

前天晚上，正在大连工作的老爸赶回了长春，一是公事，为采访第六届中国长春电影节；二是私事，为我上小学。老爸说，我顺利地结束幼儿园的生活，成为了一名小学生，这上学的第一天对于我的一生都具有非凡的意义，这一天的记忆也将会陪伴我一生，所以爸爸对这一天极其看重。让我如何度过这一天，这一天能给我留下怎样的记忆，作为家长，这是爸爸反复考虑的问题。

第二天上午，在爸爸妈妈的陪伴下，我兴高采烈地再次来到学校。盛夏的酷热似乎没有影响到大家的心情，似火的骄阳透过云层，将阳光洒在地面。学校门口聚集了许多来送孩子的家长，人群中夹杂着许多和我一样背着新书包，面带紧张和兴奋神情的小孩子。大家围在一块，热烈地谈论着什么。我快步跑了过去，然后又转身跑回来，伸出两个小小的手指头，兴奋地喊着："我在二班！二班……"爸爸和妈妈随我走到门口，看到一张名单贴在墙上。在耀眼的阳光下，我的名字显得格外显眼，"范姜国一"四个字端端正正地列在第二位，后面标注着"二班"。

在老师的带领下我们走进了教室，先随便找了个空座位坐下，然后听老师讲相关事项。我一直不安分，坐在座位上东张西望，好像什么东西都能让我感到很新奇。后来在老爸的相机里，我看到了当时对所有事物都充满了好奇心的我。

交代完和家长有关的事宜后，老师要求家长退出教室，我们要开始正常的学习生活。爸爸和妈妈走出了我的视线，走出了学校大门……

我小小的心脏感到了莫大的兴奋和激动，脑海里不停地回响：我是小学生了，我就要上课了！我已经记不清小学生涯的第一节课是什么内容了，不过我清晰地记得我翻开崭新的课本，挺直腰板扎扎实实地坐在我的小座位上，

第一天上学的我正在玩文具

一丝不苟地听完了40分钟的课。

可是上第二节课的时候，我就有些坐不住了，新鲜的感觉渐渐消逝后，好动的我觉得就这样坐着很枯燥，心想这小学与学前班也没什么区别。于是，老师在讲台上正讲着课，我就站了起来，而且费力地拖着凳子离开了座位，开始在教室里“漫游”。

老师好像从来没有遇到过我这样不守纪律的学生，愣了一下后赶紧阻止我的“自由”行动。老师问我为什么不好好听课，我说我都会了，所以不想听了。这“自以为是”的回答引得老师和同学都笑了起来。老师说那我提问你一下吧，不过你得回到座位上。结果，老师的问题我都对答如流。老师表扬了我，不过也对我扰乱课堂秩序的行为进行了批评，还给我讲了很多上课需要遵守的纪律。自由行动失败的我只好乖乖地坐在座位上，似懂非懂地对老师点了点头。

课堂的时光慢慢度过，我终于盼到了放学，老师组织大家排好队往校门口走。我因为个子小，被排到了前面第二排。校园里、校门口站满了来接孩子的家长，一双双眼睛盯着我们，这让我都有些不好意思了。远远得就看见了爸爸妈妈，他们站在学校门口的土坡上，伸着脖子朝这边张望。走到跟前，我像一只小鸟一样，张开双臂就冲他们扑了过去。

回家的路上，我的嘴巴一直没有休息，给他们讲述这一上午发生的事情，还有我自己的感受。他们静静地听着，看着我神采飞扬的笑脸，他们的脸上也绽开了笑容。

两天后，我有了校服，穿上它，就更有小学生的派头了。我真正开始了小学生的生活……

站在这花瓣纷飞的夏天，那时天真无邪的笑声好像在耳边回荡。一路走来，我玩过了小学、乐过了中学，转眼来到了大学的门前。即将成为大学生的我，也许还会像当年进入小学时那样好奇，那样青涩，只是在时间的磨洗下多了一分成熟，一分稳重。

家长助理

每个家庭都有家长，但并不是每家都有家长助理。非常荣幸，我在小学时就成为了一名家长助理。在我眼里，我这个小助理可一点也不比厂长助理、经理助理甚至市长助理差。我的主要职责就是：帮助家长管理家庭。

我任职家长助理，是从帮助妈妈买菜开始的。

那时我才 6 岁多，一天中午放学回到家，刚推开门，就听见正在做饭的妈妈在厨房里小声地自言自语。我悄悄地走近后发现，妈妈在为家里没有了香菜，她还一时走不开而犯愁，我一听来了精神，自告奋勇地跟妈妈说：“让我去吧。”妈妈有些犹豫，我知道她是担心我，当时的我还太小，着实不能让人放心，况且从家走到市场需要过马路，距离也不算近。但我一个劲地要求妈妈答应让我去，而且爸爸也在一边劝妈妈，想让我自己锻炼一下，妈妈终于同意了。她一再嘱咐我，不要和陌生人说话；买了东西不要逗留，赶紧回家；钱和东西都带好了，不要丢了……我一一答应着，脸上绽开灿烂的笑容，心里充满了兴奋和好奇，小小的身影飞奔着跑向市场。

市场里的人可真多呀，菜也摆满了架子。人来人往中，不起眼的我瞪大了眼睛仔细地寻找香菜。卖菜的阿姨问我想买些什么，我想着妈妈说过不能跟陌生人说话，所以也不回答。当我终于看到了“香菜”的时候，高兴地指着它对卖菜的人说：“我就买它!”

付了钱，拿着装好的“香菜”，我撒腿就往家里跑。不到10分钟，我就举着买回来的“香菜”，像小英雄似的站在妈妈面前了。我自豪地等着妈妈的夸奖，可妈妈看了一眼，却哈哈大笑起来：“宝宝，这不是芹菜吗?”我感到不可思议，把菜拿到自己眼前仔细看了看，没错呀，这不是香菜吗?不管是叶子还是茎都和平时吃的香菜一样啊，只不过我手里拿的这“香菜”比平时吃的大了些而已。大，说明生长得好，比其他香菜要优秀呀!买回来这么好的“香菜”，妈妈不但没表扬我，反而说我买错了，可真是委屈了我幼小的心灵。我这样想着，小嘴就噘了起来。

妈妈笑着说：“香菜和芹菜长得是挺像的，可是芹菜长得个子大，香菜的个子小。芹菜的茎很粗，叶子也很大，而且闻起来没有香菜特有的那股香味。宝宝没买对，妈妈一点也不怨你。以后你就知道，什么是香菜，什么是芹菜了。”听了妈妈的解释，再想一想平时吃的香菜和芹菜，还真是像妈妈说的那样：“原来芹菜是香菜的哥哥呀！”我不好意思地笑了。

为了弥补自己的过失，我转身再次去了市场。这一次我找到了真正的香菜，而且还拿它和旁边的芹菜比了比，确定自己没有拿错，才付了钱拿着菜回家交差。

有了这第一次，以后我经常帮妈妈买菜，再没有出现过差错。妈妈欣慰地说，依依（我的乳名）长大了，能帮妈妈做事情了。

而这只是小事一桩，除了买菜，我帮爸爸妈妈做的事情越来越多，扫地、收拾房间、整理资料……爸爸开玩笑地说，聘你做家长助理吧，我开心地点了点头，小小年纪的我就这样走马上任了。

虽然当时的我年龄小，但可别小瞧我这个家长助理，我的权力可大了。因为我可以“参政、议政”，家里有个大事小情，爸爸妈妈商量的时候，我都要“列席会议”，有时还要发表自己的看法和意见呢。而且，我可以随时向爸爸妈妈提意见，并监督他们改正缺点。只要我说的是客观事实，爸爸妈妈就会把我的建议列入考虑范围。

你看，我这个家长助理当得怎么样？

遭遇“非典”

2003年，刚刚成为小学生的我，每天都开开心心蹦蹦跳跳的，感觉生活很美好，天空很晴朗。直到一件事的发生，让小学一年级的我第一次感到“压抑”，仿佛湛蓝的天空都失去了色彩，变得暗淡无光。那时的我还不知道我们的生活正面临多少风险，最在意的却是那段时间不能自由地出门玩。我完全意识不到我们所经历的是多么可怕的东西，只知道它有一个很奇怪的名字，叫“非典”。

那时，仿佛是一夜之间，每个人都在谈论着“非典”，就连电视里也总是播放关于“非典”的节目。可我并没有把这个“非典”当回事，觉得它和自己没有什么关系，那都是大人关心的事情。直到有一天班会上，老师郑重地跟我们解释“非典”这个词，告诉我们要预防“非典”，我才明白这个“非典”原来是个坏家伙，而且已经在我们身边肆虐，威胁着我们的健康和生命。虽然我还是对“非典”这个词似懂非懂，但我记住了老师再三叮嘱要带的体温计和口罩。

那天一回到家，我就把老师讲的话告诉了爸爸，并把学校发的《写给家长的信》一起交给了他。爸爸很认真地阅读了那封信，然后为我准备口罩和体温计。看到爸爸那谨慎的样子，“非典”终于在我不以为然的脑海里留下了重重的一笔。

此后，我每天都戴着白色的口罩去上学，让我感到有趣的是，大街上的人都戴着跟我一样的口罩，每个人像戴了个面具，看不到他们的表情。与此同时，我的文具盒里也多了一个与学习无关的工具——体温计。按老师的要求，我们每天量两次体温，以观察体温是否异常。由于是第一次独立使用体温计，我感到很好奇，总是把它拿出来摆弄。一节课间，当我正仔细地“研究”它的刻度时，突然一失手把这根细细的玻璃管掉在了地上，晶莹剔透的玻璃碎了一地，还有很多水银珠在地上滚动。本着老师曾经说过每个人都必须携带体温计的要求，爸爸只好再给我买了一支。但是药店的体温计不仅已经脱销，而且过了几天后，体温计的价格从原来的 2 元涨到了 10 元。我从爸爸手里接过价格不菲的体温计，用两只小手小心翼翼地捧着它，生怕再把它摔得粉身碎骨。

在学校里，除了要不断量体温外，还经常有戴大口罩的人到教室里消毒。只要我们一下课，老师就组织我们站到走廊里，负责消毒的人就拿着一个小小的喷雾器，到教室里喷洒消毒液，使得整个教室散发着来苏水的味道，让我总产生在医院里的错觉。

学校紧张的气氛和压抑的环境，还有那个难闻又刺鼻的味道让我很厌烦，贪玩的我每天都盼着放假，期待着能摆脱学校的压制，出门玩一玩。在我的热切盼望下，五一长假终于要进入我灰暗的生活，点亮我的一线希望了。可眼看着假期近在眼前，原本定好的去奶奶家的计划却取消了。因为电视上的专家说，“非典”时期尽量不要四处走动，以免被病毒侵袭。我还听老师说，有很多从疫区来的人，刚到长春就被隔离了，长春外出归来的人也受到了很严格的检查和消毒。

出于各种原因，我梦寐以求的假期就这样泡汤了。虽然我得到了出门玩的批准，但出门前我必须戴上一个大大的口罩，把整张脸捂得严严实实，只露出我的一双小眼睛。大街上人烟稀少，每个人都面无表情没有笑容。平日里热闹非凡的公园也冷冷清清，一点节假日的气氛都没有。荒凉的马路上偶尔驶过一辆贴着“本车已消毒”的出租车，空气中散发着我讨厌的药水味，一丝阴暗在天空中慢慢蔓延开来，城市和人群好像被瘟疫和恐惧笼罩，抬起头却看不到阳光。

我无聊地玩着平时最喜欢的滑梯，整个公园只有我这一个小朋友，以前那些跟我抢秋千的小孩也都不见踪影，我孤零零地站在广场中央，最后只能乖乖地回家。

就这样，日复一日，灰色的烟云一直没有消散，“非典”依然猖狂，我的生活依旧没有乐趣。我每天都在盼着“非典”赶紧消失，让我的生活恢复到从前的样子。

正在我心灰意懒时，爸爸告诉我，“非典”已经得到基本控制。在大家的共同努力下，非常时期总算过去了，我又可以正常地上学，舒心畅怀地玩了。大街小巷也逐渐恢复了热闹的景象，人们不再终日足不出户，公园里又都是互相追逐、嬉笑打闹的小朋友。天空仿佛变得晴朗，人们脸上又绽放出美丽的笑容。

回想“非典”已经过去了将近 10 年，那时正上小学一年级的我现在也已经上了大学。10 年间，国人还一起战胜了“甲流”和各种自然灾害。想到曾经有一个同学说的话：我们这届学生就是经得起考验啊，小学赶上“非典”，初中遭遇汶川大地震，高中经历“甲流”，好不容易熬出头高考了，2012 又来了……

给老爸打工

那是2002年的第N场雪，我已经不记得它来的是早是晚，只知道那意味着我人生中第一个寒假结束了，并成功赚取了人生的第一桶金。

伴随着天气回暖，春天渐渐来临，在长春市市长的亲自支持下，爸爸在长春创办了东子心理咨询事务所。当年这可是我家里的一件大事，我的事情爸爸从来都是全力支持，对于爸爸这件大事，年少志高的我当然要有力出力！

为了加大对心理咨询所的宣传，爸爸编印了一张叫《心苑报》的报纸。每次新报出版，爸爸都让所里的叔叔阿姨去发放报纸。因为人力资源有限，所以，每次妈妈也都参与其中。而我性格开朗，天生爱凑热闹，到了周末，强烈要求妈妈带上我一块儿出去发放报纸。

一路上，我好奇地看着妈妈将一张张报纸送到不同的人手中，还不时向人家介绍着，看上去挺有意思的。我的心开始躁动不安，小手也痒痒了，很想感受一下这有意思的活动。于是，我试探地向妈妈请求：“妈妈，能给我几张吗？我也想发。”妈妈很爽快地答应了，随手给了我 4 张报纸。

站在马路上向四周张望了一下，我选定一家商店。拿着报纸走进去，见几个人正在聊天，我就走到他们跟前，小心翼翼地对其中一位阿姨说：“阿姨，打扰一下，我送您一份报纸看……”阿姨的脸上露出惊讶的表情，上下打量着我。我有些紧张，不知接下来该说什么了。这时阿姨边伸手接报纸边问：“什么报呀？为什么要送我呢？”“这是我爸爸开的心理所编的报纸，里面的内容都是介绍心理知识的。您看了一定会喜欢的。”我热切地介绍着，生怕她不喜欢我送她的这份报纸。

阿姨笑了，一边听我说，一边翻着手里的报纸，“你多大呀？就能帮爸爸干活啦？”

看这个阿姨这么随和，我一点儿也不紧张了，马上挺直小腰板自豪地说：“我 7 岁了。我喜欢帮爸爸做事！”一切都介绍妥当，刚要跟阿姨说再见，旁边的几个人好奇地凑过来，都伸手向我要报纸。我开心地给每个人递上一份，正好把手里的报纸全部发完。看着他们阅读报纸的认真劲，我不仅兴奋于自己的劳动有了回报，还为能得到大人的重视而感到无比自豪，成就感一下占据了我的小心房。

走出商店，我蹦蹦跳跳地跑到妈妈身边，把发报纸的经过告诉了她。妈妈冲我竖起了大拇指，随后又给了我一些报纸。因为有了一次成功的经验，这一次我大胆地走向我认为合适的人，大方地将报纸递给他们，并向他们介绍报纸的内容。所有接到报纸的人都冲我微笑，对我说“谢谢”，有的还会夸奖我聪明懂事。不一会儿，我手里的十几张报纸全发出去了，我也累得口干舌燥，但是我的心情一点也不疲惫干燥。

我和妈妈很快就发完了带出来的所有报纸，妈妈说，如果没有我的帮助，是不会在怎么短的时间内完成任务的。我们就这样雄赳赳、气昂昂地“打道回府”了。

当天晚上，妈妈把我发报纸的事告诉了爸爸，爸爸笑着表扬了我，而且奖赏我 2 元钱。并决定，正式聘用我作为他心理所的兼职人员，按工作量计算报酬。

第二天，我和妈妈这一大一小两位兼职人员，再次踏上报纸发放的征程，这一天我们干得更顺利了，我也创造了很大的业绩。晚上，爸爸请我们吃饭犒劳我们，并又为我支付了 5 元钱的工资。

现在，我依然会给老爸打工，就是帮老爸校对书稿，另外我也有了自己的稿费收入，但是我永远不会忘记，人生的第一笔收入，是从老爸那里挣得的 7 元钱。

二年级（2003 年 8 月—2004 年 1 月）：稀里糊涂跳了级

戴上红领巾

从小，红领巾就吸引着我，在我的意念里，戴上红领巾意味着成长、责任、光荣等各种美好的事物。所以从上学那天起，看着高年级的哥哥姐姐每天戴着红领巾走在校园里，我就很羡慕，但没有嫉妒恨。低头看看自己的脖子，觉得光溜溜的，一点也不神气，于是就盼望着有一天我也能像他们一样戴上鲜艳的红领巾。

老师说，要想戴上红领巾就要全面发展，做一个进步的好少年。我自认为挺努力的，而且每一天都比前一天有进步，因为每天不仅要学习新知识，还会懂得更多东西，可为什么还不给我戴红领巾呢？

那条鲜艳的红领巾，让我足足等了一年！

当我成为二年级小学生的时候，老师终于说，要发展一批同学加入少先队。我听了很激动，恨不得马上就拥有一条红领巾。可是老师很严肃地说，名额有限，只能选取各方面表现都很优秀的同学先加入。我心里有些忐忑：不会没有我吧？当然不会！我学习最好，也遵守纪律，还挺有集体荣誉感的……想了许多条，我觉得无论哪一条都符合少先队员的标准。可是，我在体育方面好像……想到这里，一颗心又提了起来。因为我在班里年龄最小，所以任何一个体育项目，我都是排在后面的。千万不要因为体育不优秀，就不发展我入队呀！

接下来的几天里，我严格要求自己，就连上课经常不自觉做的一些小动作也不再做了。终于等来了那一天，学校要为新加入少先队的同学举行入队仪式。我整理好校服，跟着同学集合，站到了操场中央。望着主席台上摆放着的崭新的红领巾，我心里就像有小兔子在抓一样，既激动又紧张。“一定会有我，一定会有我……”我在心里不停地念叨着这句话。“可是，万一没有呢？不会的，不会的……”就这样，我站在那里自顾自地纠结了很久。

前面的一些程序我都没听进去，终于激动人心的时刻到了，教导主任开始宣读入队人员名单。被叫到名字的同学向前迈一步，出列站好。“二年级二班的杨岚、刘国良、赵月……”我瞪大眼睛等待着，一个个熟悉的名字从教导主任的嘴里喊出来，可是一直没有听到读我的名字。我沮丧地低下了头，看来不会有我了……就在这时，“范姜国一！”教导主任念出了最后一个名字。我一时没有反应过来，愣愣地站在那里没有动。“范姜国一，没听到念你名字吗？怎么不出列？”班主任老师在身后催促我，我才猛醒过来，“哦！”然后大步向前出列。

“下面为新入队的少先队员戴红领巾！”随着主持人话音落地，一排“老”少先队员手捧鲜艳的红领巾走到我们面前。我紧张得不敢呼吸，一动不动地站在那里，由“老队员”为我系好了红领巾。然后，我面前的“前辈”冲我敬了一个少先队队礼。我不知道该不该还礼，慌乱地用余光扫了一下旁边的同学，见他们学着样子也把手举过头顶还了一个礼，我手忙脚乱地举手敬了我戴上红领巾后的第一个队礼。

从那天开始，我也能和高年级的哥哥姐姐一样，每天戴着红领巾走在校园里了。每当从一年级的小学生身边走过，看到他们光溜溜的前胸，我就有意挺直了胸，让红领巾迎风飘扬起来。看着他们满是羡慕的眼神，我感到无比骄傲。

就这样，那条小小的红领巾的记忆伴随着我走过了小学、初中、高中，又带入了大学。它陪我一路走来，见证了我的成长过程中各种美好的经历……

闭门造飞机

蔚蓝的天空中，一架架纸飞机沿着弧线划过，它们不只给孩子们快乐，更承载了童年的美好。而我的飞机满载着我的梦想，在空中轻轻飞翔，留下童年的记忆……

“噢，噢！成功喽！我也有自己的飞机喽！”我高兴地大喊着，欢欣雀跃的我，拿着试飞成功的飞机满屋蹦蹦跳跳。

爸爸走进我的房间，问我怎么了，我自豪地举着自己制作的飞机给他看。爸爸的目光被我造型奇特的飞机吸引了，除了正常的机翼等结构，它的奇特之处在于，飞机的身后背着一个“秘密武器”，虽然造型看起来很滑稽，但它的性能还是很强悍的。

“我来表演给你看吧。”我自信地将飞机举过头顶，使劲朝上空掷去，只见飞机在空中滑行了一段距离后，身上的“秘密武器”慢慢发挥作用，飞机缓缓降落，最后平稳着陆。

爸爸连连鼓掌，笑着给了我一连串的称赞。

这可是我把自己关在屋子里，研究实验了一整天的成果，可谓是“闭门造飞机”。不过我跟那个“闭门造车”（这个成语意思是：不联系客观因素，不借鉴外部条件，独断专行）可不一样，我的飞机是结合了风力条件、重力条件、阻力条件等，综合研发的产品，虽然当时的我还不知道什么叫重力、阻力，但是我确实把这些抽象的因素落实在了飞机的研究上。

造飞机的想法还要源于那天早晨，我在电视中观看了一场中学生用自制的“飞机”进行航空飞行的比赛，幼稚的我产生了一个强烈的愿望：我也要造一架可以在天上自

我叠的飞机一定能飞起来

由飞翔的电动飞机！可是，我马上意识到，就目前自己所拥有的知识，还无法完成一架电动飞机的制造。也就是说，这个愿望起码还要等上两三年才能实现，这让我感到很失落。

这时窗外传来爽朗的笑声，我探头一看，原来几个小男孩正在玩纸飞机。我心里豁然一亮：对呀，我可以把早就学会做的纸飞机改装一下，虽说比不上那些中学生的电动飞机，但一定也很好玩。

说干就干。

先找来一张报纸，按照以前的老方法将它折叠成飞机，试飞一下看看有哪些缺点，哪里需要改良。第一次试飞——果然，还没飞出去多远，飞机在空中就散了架，惯性渐渐减小后，干脆大头朝下一头扎到了地上。从地上捡起来时，飞机已经完全散开，没有了飞机样了。

根据第一次试飞的结果，我发现了两个问题：第一，在空中要保持完好的形状；第二，必须减缓它落地的速度。可是，怎么解决呢？我在心里谋划着一个又一个方案，小小的大脑飞速运转着。

突然灵光一闪，一个比较可行的方案滑过我的脑海。我在心里模拟着制作过程：将飞机的各部件分开来折叠，然后再组合到一起，用胶带牢牢地粘成一个整体，这样它就不会在空中散开了。一边想，我就一边动手忙碌起来。心里想的很容易，可是真的动起手来，却不那么简单了，两侧的机翼总是大小不一，机身的整体造型也不是很令我满意。我翻来覆去返工了好几次，才总算胜利“竣工”。

改装过后的飞机看起来霸气十足，我站在床上，将它高高地举过头顶，进行第二次试飞——飞机刚一脱手，“嗖”的一下就“坠机”了，时间短得就一眨眼的工夫，结果还没有第一次试飞理想。我心疼地捡起飞机的残骸，因为降落得太快，机头撞击地面都变了形。我的头脑像是黑匣子一样放映着事故胶片，然后得出了结论：我成功地解决了第一个问题，飞机在空中并没有散架，甚至直到坠毁都没有分开，但是由于各部分都是精装然后组装在一起，导致机身太沉，这使第二个问题更加严重了。

怎么办呢？这下我没了主意，六神无主地捧着飞机。环顾四周，一个塑料袋进入了我的视野。对，这就是我的秘密武器！我一下想到：如果用塑料袋给飞机安装一个“降落伞”会什么样呢？

我被这个想法激励了，马上拿起剪刀，从塑料袋上剪下一块正方形的塑料片，然后把四个角分别系上一根细线，再把四根线汇总到一起，系到了机身上。

我检查了各个部分后，庄重地站起身，高举着飞机，充满期待地用力将飞机抛上了天。第三次试飞——飞机到达最高点后，斜着身子往下落，我的心紧紧地揪了起来，神经紧绷。这时候飞机好像启动了减速系统，它背上的“降落伞”飘到了它的上空，塑料片慢慢鼓了起来，四根线被拉直，拉住了下方的飞机。飞机在“降落伞”的帮助下，慢悠悠地落了地。在飞机着陆的那一刻，我开心地笑了，并大喊：“试飞成功!”

夜里，我抱着自己的飞机入睡。睡梦中我拿着自己制造的飞机参加了飞行比赛，而且得了冠军……

爸爸教我玩尜尜

童年的回忆中，有无数玩具各占据脑海的一席之地——飞行棋、扑克牌、雪爬犁、纸飞机……其中，读音最拗口，字形最生僻，玩法最具难度性，玩起来最有趣的就属尜尜。

说到这，我猜您可能还不知道这是个什么东西，对于这个简单的问题我可以告诉您一个简单的答案——它是个玩具，仅此而已。至于怎么读它的名字和到底怎么玩，这些难度较高的问题，别着急，小时候的我也不是一下子就知道的，让我先卖个关子过过瘾，谁让现在我知道，而您不知道呢。

那是一个充满温暖的冬天，眼看年关将至，爸爸带我回乡下奶奶家度假。从小我就喜欢回奶奶家，因为那里有太多好玩、新奇的东西，还有一大帮能够玩到一起的小伙伴。所以每次回奶奶家，我都开心得不得了。那一次我格外高兴，因为那是我上小学后第一次回老家。自认为身份不一样了，小小的自豪感油然而生——我是小学生了！再和那些小伙伴在一起，我就比以前有威信了，他们都得听我的！

果然，小伙伴见了我都比以前敬我三分，我心里那个得意呀，嘿嘿，就不用说了！

好，重点到了，正当我为自己的身份变化“洋洋得意”时，有一件事让我丢了很大的面子：他们玩的一种小玩意，不用说我不会玩，就是连见都没见过。从材质来讲，那是个木制品；体积呢，一般15厘米长，直径在4～5厘米左右；从外形上看，两头尖，中间大，整体看上去很奇怪。玩法就更奇特了：用一个小木板对准其中一个尖头，用力一打，它就能迅速弹起一人多高，然后用木板接住往远处打，谁打得远谁就赢了。它就是这篇文章的主角——尜尜。

经过如此细致的描述，您知道尜尜是什么了吗？还不知道？也难怪，因为那个时候我看到这个场景后，也不清楚这神器到底该怎么玩。于是，我认识到，实战比较重要，您是否认识到，继续看下去比较重要呢？

我在一边看得手直痒痒，就走上前去问他们：“这叫什么呀？”他们就笑：“连‘gá’都不认识。”“什么什么？能说清楚点吗？”好奇怪的名字呀，我人生的小字典里从来没有出现过这种读音的事物。大家笑得更欢了，我更加听不清它叫什么。唉，先别管它叫什么，拿过来玩玩再说。可是这个小东西看起来温顺，却很难被驾驭，想要过把瘾，它却怎么也不听我指挥。无论我怎么“打”它，它也弹不起来。惹得小伙伴在旁边前仰后合地笑，笑得我面红耳赤。可越是着急，那小玩意越是横躺在地上“耍横”。我实在治不了那个小东西，无奈只好自己灰溜溜地退出游戏。

回到奶奶家，我噘着嘴巴生自己的气。爸爸看出我不高兴了，问我怎么了。我费了很大的劲描述那个神奇而气人的小玩意，结果爸爸笑了：“噢，你说的是‘gá’呀，那玩意是挺好玩的……”“什么？‘gá’？”我没等爸爸把话说完，试着学爸爸的发音，叫出了尜尜的名字。终于听清楚它叫什么了，可是这名字也太奇怪了，跟它的长相一样奇怪。“哪个字呀，怎么写的？”“这个字可非常有意思。你看见它的形状了吧，是不是两头小，中间大？”“对呀对呀。”“那要是把它立起来，是不是上下小，中间大？”“对呀，你快说它的名字怎么写的吧！”我实在等不及了，催促着爸爸赶紧说正题。“那这个‘gá’字就是‘小大小’三个字摞起来。”我拿出笔来在一张纸上划拉着：“‘小大小’——‘尜’，是这样写的吗？这是个字吗？太有意思了！”我连连感叹。

“长见识了吧？爸爸小时候可是玩尜尜的高手。”“啊？你会呀？那你教我吧？”我喜形于色。

“好，走！”爸爸也开心得像个孩子，跑了好几家借来一个尜，就在院子里教我“征服”这个小东西。

爸爸一边讲解一边演示，尜很轻松就被打出很远……

我好羡慕爸爸，没想到他还有这么高超的“武艺”。

我迫不及待地从爸爸手里接过板子，按照爸爸说的开始“调教”手中的尜。第一次板子打在了尜的中间，它只是就地滚了一下；第二次，我打在了一个尖头处，结果弹起来不高，还没等我去接着打，它就落地了；第三次它终

成功了！我用饮料和爸爸的啤酒对饮庆祝

于弹了起来，我顺势用木板去接打，打出了2米多远……

爸爸说，一定要对准尜尖，用力要均匀。我牢记着爸爸的嘱咐，不厌其烦地一次次试着，打着。这个东西真是不听话，失败像是阴霾挥之不去，好几次真想扔掉板子再也不玩它了。可是想到小伙伴们发出的嘲笑声，我就一次次地挥着手中的板子，企图挥去失败的阴霾。

终于尜儿被我打出了很远，爸爸高兴地鼓掌，说就按着这样的方式继续努力。看到了一点进步，又得到爸爸的鼓励，我来了劲头：明天我就去和小伙伴们一比高低！

至于第二天的战况如何，我已经记不清了，应该还不错吧，要不然凭我不服输的性格，一定又会自己多加练习，这样的话我应该会有很深刻的记忆，就像看到一个小孩正在努力征服一个诡异的玩具。

到了文章结尾，我想您应该彻底了解尜尜是什么东西了吧？真不好意思，到最后才把关子卖完，不过，能卖出去的关子，就是好关子！亦如能打出去的尜尜，就是好玩具，能玩大的童年，才是快乐的童年！

这样跳了级

近些年，每次遇到“友人”，大家都会先问起我的年龄，再问年级。听完这两个超出正常人想法范围的数字后，几乎所有人都会掰着手指头数上半天，然后抬起头质疑我，你这年岁也不对啊，我就会笑笑说，小时候跳了两级，进而引起一阵唏嘘赞叹。每每回首跳级的经过，都感到既庆幸又满足，庆幸于我有这样高瞻远瞩的老爸，满足于我有一段铺垫人生的经历。

那时摆脱了“一年级小豆包”，刚刚品尝了“二年级小辣椒”的味道，有一天，爸爸妈妈突然问我想不想跳级。“‘跳级’是什么意思?”我第一次听说这个词，所以很疑惑地问妈妈。妈妈解释说，就是越过一个年级，连升两级的意思。

“为什么要跳级?”“跳级”的意思明白了，可我的疑惑还是没有解除。爸爸又给我解释了一番后，我似懂非懂但马上胸有成竹地说：“那好吧!”

不过，爸爸一再告诫我，跳级不是说说那么简单的事情，需要制定科学有序的学习计划，毕竟知识都是具有连贯性的，再聪明的头脑，再好的先天条件，没学过的知识也不可能无师自通，和跳入班级的同学站在一个起跑线上。为了保证跳级的顺利进行，爸爸和妈妈为我制定了详细的学习计划。

我自告奋勇找高年级同学借了二年级下学期和三年级全册课本，从 2003 年 11 月 7 日开始，由妈妈担任辅导教师，带领我开始了自学。我们每周一、三、五晚上学习一个小时，周六学习一上午。到寒假后，每天则拿出四个小时的学习时间。我们每天都忙忙碌碌的，过得紧张而又充实。

由于我对新知识接受得快，最初一个月学习进展很顺利，不到月底，我已经将二年级的课程全部学完。第二个月，三年级上学期的课程也掌握得差不多了。如此下去，到寒假开学时，我完全可以直接进入三年级学习。于是，爸爸妈妈商量后，改变了原有的计划（从二年级下学期开始自学，到三年级开学时，即 2004 年 9 月份，直接上四年级），决定寒假开学，就让我跳级到三年级，不必等到 9 月份上四年级了。

为了保证新计划的顺利完成，妈妈开始加快了我的学习进度。学习任务一下子加重了，我也有了心理压力，渐渐地就有些后悔：早知道跳级这么麻烦，就不同意爸爸妈妈的提议了。爸爸看出了我内心的动摇，对我说："如果跳级很容易的话，不是所有的同学都可以跳级了吗？那跳级可真就没意思了。正是因为不容易，我们才要做，这才能显示出你的实力！"

爸爸的激励让我重新有了动力，在妈妈的带领下，我以更大的积极性学习着新的知识。

寒假开学了，当爸爸告诉我学校通过了我的跳级申请后，我突然紧张害怕起来，我怕原来班级的同学不再和我玩了，怕学习跟不上，怕老师不喜欢我，还怕新班级的同学欺负我……所以，我又后悔了。那天晚上躺在床上怎么也睡不着，不知道第二天去了新的班级该怎么说怎么做，小小的脑瓜里想了很多，心里甚至做好了很坏的打算。

在爸爸妈妈的安慰、鼓励下，我像个从没出过窝的小兔子一样，局促不安地来到了我的新班级——三年级一班。老师让我站在讲台上，向全班同学做一个自我介绍，我紧张得眼睛不知道该往哪儿看，只说了一句"大家好，我叫范姜国一"，就不知道再说些什么了。没想到，老师接着介绍我的时候，一个劲地表扬我，说我爱学习、懂礼貌，还聪明，小小年纪就跳了级上了三年级。听着老师的话，我的心里渐渐放松下来，也就不那么紧张和害怕了。

很快，我就适应了新的学习环境。新班级的同学因为比我大，都很照顾我、关心我，很多人成了我的好朋友。我的学习并不比他们差，有几次考试成绩还排在前面。老师经常表扬我，说我上课爱发言，积极回答问题。原来班级的同学还来找我玩，有的在学校没有机会遇到我，就会在周末跑到我家里找我玩……那个不眠夜的种种担心，全部烟消云散。

一个学期很快就过去了，三年级只读了半年，我就以优异的成绩升入了四年级。

这就是我第一次跳级，另一次跳级的经过与之相似，但因为有了第一次做基础，第二次跳级就显得驾轻就熟了，没有紧张与害怕，只是淡定自若地看着跟我一个班的同学又一次变成了我的学弟学妹，说实话，那是一种很有成就感的事情。

一路走来，跳级是我短暂的人生中老爸做出的最重要的一个创举。如果没有跳级，现在的我应该是在高一或高二，那不仅延长了应试教育折磨我的时间，还减少了我学习更多课外知识以及增加人生阅历的机会，更不会有时间坐在电脑前一字一字用尽心血地亲手写出我的成长经历，与大家分享我的快乐。我敢说，我是一路玩来的，我长大了。

三年级（2004年3月—2004年7月）：玩出花样好学生

收获了“47分”

从小学开始教授英语的那一天起，我的英语成绩就一直很棒，不出意外，一般都是满分，偶尔答个90几分都算是例外。可有一次例外中的例外，对我来说是一次巨大的打击，我竟只得了47分。

那是刚完成跳级后。

为了准备跳级，我利用假期时间，提前完成了二年级下学期和三年级上学期的课程，所以虽然这一级跳得很匆忙，但是所有的科目学起来并不吃力。尤其语文和数学，几次小测验过后，我的分数都排在前面。这让我有了不竭的动力，我努力证明我并不比那些大我一两岁的同学差，更不能让他们把我甩在后面。

不过让我有一点点压力的是英语，因为三年级的英语课本和我以前学的英语不是同一套教材，很多知识点和我以前学的都衔接不上。尽管提前预习过一些，但是真正学起来，还是和同学们有些差距，课堂上时常会碰到同学早就学过的知识，而我却不会。不过，我自认为英语基础还不错，所以一直很自信。

新学期刚过两个月，就迎来了期中考试。那是我跳级后的第一次考试，是真正检阅我能否适应跳级后的学习生活的重要考验，我下决心考出好成绩给新班级的老师和同学看看。虽然爸爸一再给我减轻包袱，告诉我别把考试当回事，还嘱咐说："你和其他同学不一样，你比他们少学一年呢，即便考最后一名，也是正常的。"但是，年幼的我在那时就已经十分要强，我腰板一挺，昂首挺胸地说："瞧爸爸说的，你也太小瞧你女儿了！"然后我还调皮地向他敬了个礼："报告司令！我会努力争取考最后一名的，不过可能有难度！"

考试顺利地结束了，我答完了所有考卷，自我感觉良好。回家后，妈妈问我考得怎么样，我告诉她语文、数学没问题，答不上满分，也能得 90 多分。英语差一点，也就七八十分吧。但妈妈还是夸奖了我一番，一再说："不错了，不错了。"

可是，我太高估自己了，过了两天，卷子发下来，英语卷子上那个大大的"47"显得异常刺眼，我甚至有些不相信我的眼睛，心里冒出了许多问号，怎么会只有 47 分？发错卷子了吧？不可能的！可是那张让我难以接受的卷子的确是我的，红色的"47"就像晴天霹雳，滑过我正晴朗的天空，深深地烙在我的心里，留下震耳欲聋的雷声和一团团漆黑的乌云。这可是我学习英语以来，考得最低的分数了。我真想把这惨烈的"47"变成"100"，把所有的"×"改成"√"！

我一直陷在"失败"的阴影里难以自拔，就这样浑浑噩噩地过了一天，终于放学了，可是我心里好像并不期待着放学，因为我害怕见到对我充满期待的爸爸妈妈。放学的路上，我一直在想回家后如何向爸爸妈妈"交代"，在他们面前把胸脯拍得嗵嗵响，可到头来就考了可怜的 47 分，叫我怎么说得出口啊！我背着小书包，忐忑地向前挪动脚步，脑海里想象着回家后可能出现的各种情形，不禁眼泪湿润了眼角，泪水像决堤的潮水，哗啦啦地涌了出来，脸上感觉凉丝丝的，但心里更凉，这眼泪有羞愧，也有担心。我可从没考过这么低的分，爸爸妈妈一定会责怪我的……

提心吊胆地按响了门铃，见到开门的妈妈，我“哇”的一声扑到她的怀里大哭起来。还没等妈妈反应过来，爸爸急忙过来问：“依依，怎么了？告诉爸爸。”“我的英语只考了47分……”爸爸笑了笑，然后说：“哦，47分已经不错了。”没想到爸爸很平静，并没有我在路上想象的那样失望，也没有指责我，这种结果是我没有预料到的。

我有些不相信地从妈妈怀里抬起头，看着爸爸的脸上挂着微笑，我想他一定是没有听清楚。“我只考了47分!”我又重复了一遍，还特意把那个“47”说得很重。爸爸笑了，拉着我进了屋，边走边说：“你想啊，和你一样大的孩子现在才上一年级，可你已经上了三年级，就是不跳级，你现在也比他们高一级，你多了不起呀！如果让你原来同年级的同学，或和你一样大的孩子来答这份卷子，我敢保证他们谁也答不到47分。况且，爸爸不是已经说了吗？你刚刚跳级，原来学的课本和现在的又不配套，这样的成绩已经很不错了。所以，不要伤心，更不能失望。好好努力，过一段时间，等你适应了跳级后的学习，相信你的英语成绩一定会和从前一样棒的。”

“我的英语可真的是全班最后一名了……”我的鼻子又酸了。这时，妈妈也安慰我道：“我和你爸爸在你这么大的时候，还不认识英文字母呢。你看你都能用英语和老外对话了，47分说明不了什么。只要你对自己有信心，就一定能超越这个‘47’。没有人会因为这次你考了47分就笑话你的。”

在爸爸妈妈的劝慰鼓励下，我终于破涕为笑了。我从心里感激他们，并满怀信心地对他们说：我一定要把成绩赶上去！

功夫不负有心人，在爸爸妈妈的帮助下，经过两个月的努力，期末考试中我的英语卷子上终于有了可喜的变化：“97”替代了“47”。

风筝放到天安门

风筝，承载着童年时的梦想，饱含着玩耍时的快乐。风筝放飞的不只是一件美丽的工艺品，还有放飞者心中那满满的幸福。小小的风筝载着那些纯真与美好，乘着和煦的风，在蔚蓝的天空中滑翔，留下一丝丝淡淡的痕迹。

放风筝是如此唯美的事，而在天安门前放风筝，岂不更加意义非凡？很多人小时候都放过风筝，也有很多人到过天安门，可在天安门前放过风筝的人却不是很多。在这不是很多的人当中就包括我。

从我记事起，爸爸就经常带我到公园或广场去放风筝。远远地就可以看到天空中五颜六色各式各样的风筝，有的像飞机、有的像雄鹰、有的像蝴蝶……

当我还在幼儿园的时候，我就知道了祖国的首都——北京，而且知道那里有神圣的天安门。因为爸爸曾在北京工作过，他也经常会给我讲起关于北京的事。于是，我一直盼望有一天自己也能来到北京，站在天安门广场上看看。

顺利跳级后，爸爸为了奖励我，答应带我去北京，完成我的心愿。

2004年的暑假，我在爸爸妈妈的带领下，向着心中的“圣地”北京进发了。

到北京要看的地方实在是太多了，首先是到天安门广场看升旗。为了看升旗，天还没亮我就爬了起来，睡眼惺忪地来到了天安门广场。虽然天黑蒙蒙的，但广场上已经聚集了很多人，几乎都是来看升旗的。看完了庄严的升旗仪式后，天依然灰暗无光，于是我们坐在广场上休息了一会儿。按照事先的计划，接下来我们要到位于广场南侧的毛主席纪念堂瞻仰毛主席遗容。因为毛主席纪念堂要8点才开放，所以这期间爸爸妈妈打算领我在广场上转转。

过了一会儿，太阳渐渐升起，光线慢慢充足，天空开始明亮。这时我发现广场上空有很多五彩斑斓的风筝在飞舞，看着一个个风筝在空中翱翔，划出一条条美丽的弧线，我开始按捺不住好动的心。于是，我在征得爸爸的同意后，买了一个“长长的”风筝，之所以说它长，是因为它由10只生动形象的小燕子外形的小风筝串联而成，拉直了足足有好几米。

风筝刚拿到手，我就迫不及待地展开扯着跑起来，可能是风筝太长，我总是不能掌握好风力和放飞的角度，试了几次都没有成功后，挫败感十足的我拿着风筝站在广场中央手足无措。最后还是爸爸走过来协助我一起放飞了那10只“小燕子”。

起飞成功后，我快速地跑动起来，两条小短腿拼力地迈着步子，随着风筝飞得越来越高，我的心情也跟着风筝飞到了空中。

我牵着风筝在偌大的天安门广场上转着圈奔跑，身后的那10只“小燕子”随着我飞来飞去，我感觉自己也变成了一只快乐的燕子，成了燕队的领头，为它们开路护航，和它们一起在天安门广场上空自由自在地飞翔，感受古老都城的魅力，体会天安门的神圣……

在那之后，风筝好像很少飞进我的记忆了。不过，童年的回忆中，有这样一次放飞的经历，尤为珍贵。我永远也不会忘记那个在天安门广场上快乐奔跑的小女孩，和她身后紧紧跟随的那10只承载了梦想与快乐的小燕子。近10年来，小女孩不停地奔跑在成长的道路上，不知那10只小燕子，是否还在跟随。希望它们还在……

吃到食博会

记不清是从什么时候开始，“吃货”这一形象的名词日渐火爆地被应用于人们的日常生活中。惭愧地说，我就是一个实实在在的吃货，从小就热衷于各种美食。想当年，我在老爸的带领下，雄赳赳、气昂昂地走上了吃货这条路。

2004 年 6 月 1 日，我过了一个不寻常的儿童节，并从此正式步入吃货的行列。

那时恰逢第十一届中国食品博览会在长春举行，当时年仅 8 岁的我脑海里还没有“食博会”这一概念。爸爸说食博会很热闹，还能吃到很多平时吃不到的东西，要带我去食博会“一次吃个够”。于是，6 月 1 日那天，我们奔赴食博会举办现场——长春国际会展中心。

来到会展中心，身前身后人潮涌动，站在一个丁字路口，爸爸各向两边的路口指了指：“这边是展览大厅，那边是室外展场。我们先去哪边?”我着急地问道：“哪边有好吃的呀?”惹得爸爸妈妈哈哈大笑起来：“看把你急得!”看来我吃货的特性从小就有展现……

爸爸看了看门票后面的文字介绍，说："室外展场设有美食广场，来自上海、天津、福建、陕西、四川等地的150多家小吃名店聚集在那里，要想饱口福，那就去美食广场吧。"

我雀跃着赶在爸爸妈妈前面，朝着爸爸手指的方向跑去。走到近前，只见道路两边一家紧挨着一家摆满了各色店铺，家家门前挤满了人，要多热闹有多热闹。我激动地回头招呼爸爸妈妈，让他们快点过来。

妈妈拉着我的手，从第一家店铺开始，一家一家参观，我看到许多以前吃过的名吃，比如陕西"牛羊肉泡馍"、吉林"李连贵熏肉大饼"，还有云南"过桥米线"等等；可更看到许多没吃过甚至没听说过的东西，比如"香港撒尿牛丸"，一看名字就让人感到稀奇，赶紧伸出小脑袋凑过去瞻仰一下丸子的本尊。只看到一个个看上去没什么稀奇的丸子躺在碗里，但谁知丸子里面包着浓香的汤汁，一口咬下去汤汁四溢，浓香满口。还有"叫花鸡"，名字也怪怪的，样子更是让人为之诧异，一只大大的烤炉里放着一个个大泥团子，店家拿出其中一个大泥团子，用手使劲掰开，香气一下子散发了出来，里面竟是一只被烤熟的鸡……

琳琅满目的美食摆在眼前，我的小眼睛已经目不暇接，眼睛忙着嘴也没闲着，口水都要流到嘴边了。这时候正走到一个摊位前，看到米饭装在竹筒里卖，我感到很好奇。摊主说，这叫“竹筒米”，是西双版纳的风味小吃。我看着这种极具民族特色的吃法，闻着甜甜的米香，馋得眼睛滴溜溜地盯着竹筒，于是一根竹筒米如我所愿地落到了我手里。按着摊主的介绍，我用小竹棒挑着米粒一小口一小口地品尝，蒸熟的稻米粒粒香甜，糯濡黏口，美味在舌尖味蕾上停留，不舍得咽入腹中。

接下来，爸爸妈妈又带我吃了新疆烤肉串、天下第一臭——炸臭豆腐、耳朵眼炸糕……不一会儿，我就吃了个小肚溜圆，心满意足。尽管闻到诱人的香气，嘴巴还想过瘾，可这肚子已经容不得我再接纳任何美味了。

于是，爸爸带着我们进了展览大厅，按照 A、B、C、D、E 的顺序依次参观了 5 个展厅。让我兴奋的是，在展馆内我看到了一个直径 4 米、高 6 米、重 250 公斤的巨型蛋糕，在它的周围挤满了和我一样好奇的人。我钻进人群，找着缝隙挤到了最前面，站到了巨大的蛋糕的“脚下”，仰头看着这个“巨人”，闻着香甜的奶油味，不由得吧嗒起嘴来。这时，几个阿姨不断地为我们这些孩子分发蛋糕。领到一块蛋糕后，我乐得使劲咬了一大口，奶油沾了一脸，抬起头，一张小花脸笑得露出一排小牙，那样子别提有多滑稽了。

最后，老爸买了一个大大的椰子，打开后插上三根吸管，我们轮流喝着椰子汁，走出了会展中心……

回想那次食博会的经历，可以得出以下四点结论——

首先，吃货是从小崭露锋芒的。

其次，食博会是吃货的天堂。

再次，对于吃货而言，吃是很快乐的事情。

最后，对于我而言，吃到食博会是很快乐的经历，也是难忘的记忆。

我请爸爸下馆子

在说我请爸爸下馆子前，要先说爸爸请我下馆子，那更要先交代一下，在爸爸请我下馆子前，我连“馆子”是什么都不知道。

2004年暑假里的一天，爸爸让我帮他将一些报纸、杂志分类整理。我们忙了整整一上午，快到中午的时候，爸爸对我说：“今天上午你很辛苦，工作完成得很不错，我要犒劳你一顿，走，我请你下馆子。”“下馆子?”这个词第一次出现在我的头脑里，于是就问爸爸：“爸爸，什么叫‘下管子’呀?是‘到管道里去’的意思吗?”“哈哈，这个‘馆’可不是‘管道’的‘管’，而是‘饭馆’的‘馆’，就是饭馆、饭店，‘下馆子’就是去饭馆吃饭。”

“哦，那就没什么稀奇的了，平日里我们不是经常去饭馆吃饭吗?”“这次和平时可不一样。平时爸爸妈妈没时间做饭，才到饭馆吃，这回是爸爸奖赏你，算是请客……”“好啊!”我雀跃着跟在爸爸后面，出了家门，直奔饭馆。

到了饭馆，爸爸点了两道我喜欢吃的菜。我津津有味地吃着，脑子里还在琢磨这个“下馆子”。我问了一个幼稚的问题：“爸爸，你小时候爷爷也请你下馆子吗?”爸爸告诉我，他小时候家里很困难，从来没有人请他下馆子。偶尔随大人进城，赶上吃饭的时候，也只是到饭馆里急急忙忙吃上一碗面条。爸爸说，那时候吃着面条，闻着邻近的桌子飘过来的菜香，他总忍不住想：什么时候自己也能好好下一次馆子呢。

爸爸的话让2004年的我想起了一件2001年的事。2001年，我5岁，一天爸爸带我在麦当劳快餐店吃饭。在我5岁的小思维里，爸爸经常带着我吃肯德基、麦当劳等洋快餐，所以我想吃汉堡包和三明治一定是件很普遍的事情，于是我问了一个更幼稚的问题：“爸爸，你小时候是吃汉堡包长大的，还是吃三明治长大的?”爸爸听后哭笑不得地告诉我，他小时候可没有这些洋玩意，就是大饼子（玉米面粗饼）也吃不上顿。

记忆回到2004年，基于这两次问话，我了解到爸爸的童年生活很贫困、很艰难，而我的童年是在幸福中度过的。想到这些，我心里很难过。看着爸爸有些失落的神情，我心里萌生了一个想法：我能不能请爸爸下一次馆子呢？一是为了回报爸爸请我；二是给爸爸一点补偿，让爸爸也感受一下被人请下馆子的滋味。我想，虽然现在爸爸是成年人了，也有很多人请他下过馆子，但是我提出请他下馆子，以补上他小时候欠缺的，他一定会很高兴。

可是我上哪儿弄钱呢？储蓄罐里倒是有一些钱，足够请爸爸吃一顿的了，可是一想到那些钱都是爸爸给我的，归根结底还是他的钱，拿爸爸的钱请爸爸吃饭，就没意义了，所以我放弃了这个念头。

因为一直没有钱，所以这个想法就埋在了我稚嫩的心里。过了两个月，我有了自己的第一笔稿费收入，我的愿望终于实现了。

那天，我像大人一样拉着爸爸的手走进饭店，点上爸爸童年里最渴望吃到的尖椒炒干豆腐，然后坐在爸爸的对面，看爸爸美美地吃着我为他点的菜。这时候，我发现爸爸的眼角湿湿的……

第一次请老爸下馆子的记忆一直保存在我的脑海里。时光飞逝，从 2004 年到 2012 年，8 年过去了，现在回想起来，依然觉得温馨感动，不知道老爸是不是也这样想呢？嘿嘿……

四年级（2004 年 8 月—2005 年 7 月）：从省城玩到乡村

依依惜别情

2004 年的冬天和往常一样，早早来到了北国春城——长春。

由于诸多原因，爸爸打算让刚上四年级的我转学到山东，去妈妈身边接受“下乡锻炼”，体会乡下的学习和乐趣，丰富生活经历。

所以，我就必须与朝夕相处了两年多的同学们分离了。离别对于我来说，是一件很难坚强起来的事，从小就看重感情的我每次面对离别，都会哭得难以抑制。于是在临行前的各项准备工作中，向老师和同学辞行是所有工作的重中之重。

11 月 29 日，和以往一样，我背着书包来到学校。一想

我和长春的小学同学

起这是最后一次踏进熟悉的校园，我就开始伤感起来，眼泪在眼眶里回旋打转，我使劲控制着不让眼泪流出来。我和爸爸先到班主任李老师的办公室，说明了情况后，和老师一起来到教室。李老师简单地介绍了我要转学的情况后，对大家说："范姜国一的爸爸带来了照相机，如果有谁想和范姜国一合影留念就……"老师的话还没说完，一些同学已经跑着离开了座位，有的拍着我的肩膀，有的拉着我的手，问这问那，脸上写满了不舍……

爸爸提前走了，让我和同学们一起上最后一上午的课。课堂上，好几次想到自己就要离开这儿了，再也不能和同学们坐在这个课堂上一起学习了，鼻子就一阵阵发酸。我努力克制着自己，眼泪才没有流下来。而每到课间，同学们就自动围拢到我身边，有送我礼物的，有问我要地址和电话的……整整一上午，我一直被同学们浓浓的情谊包围着，那一刻感觉自己是世界上最幸福的人了。

时间过得很快，转眼就到了中午。因为下午还要做其他准备工作，所以按照原计划，下午我就不再去学校了。放学的时候，我和老师、同学一一道别，憋了一上午的眼泪终于流了下来，眼泪像决堤的湖水，不停地涌出眼眶。

直到踏进家门，我还在哭泣。

下午一直忙碌着，顾不上悲伤。可吃完晚饭，闲下来时，我又开始难过起来。就在这时，门铃突然响了，爸爸以为是邻居来探望即将远行的我，没想到打开门一看，竟是我的同学兰思琪。

她手里捧着一个精美的礼品盒，边递给我边说："上午太匆忙了，没有时间准备礼物，所以拖到晚上才准备好，只好送到你家来了。我祝你一路顺风!"我小心翼翼地接过礼物，一层层打开五彩缤纷的包装纸，一个晶莹透明的玻璃瓶显现出来，里面装满了五颜六色的泡沫球，还有 28 颗幸运星在瓶子里面熠熠生光。

我打开瓶子下面压着的彩色信纸，只见上面写道："原来并没觉得我们之间有多亲近，当得知你要走了，才猛然发现我们之间的友谊很深很深。真舍不得你走。别忘了我们!"

我紧紧拉着兰思琪的手，一句谢谢半天没有说出来。外面太黑了，她急着回家。跑到楼下，她还冲我喊"一路顺风!"我终于喊出了"谢谢!"我们两个人的声音在空旷的楼道里回荡，我的眼泪再一次流过了脸颊……

爸爸说，人的一生要经历无数次离别。所以，在一起的时候要珍惜，分别时也不要过分悲伤。只要把情谊记在心里，走到哪里它都会陪伴自己。

一路走来，看过了16载春秋寒暑，赏过了16次花开花落。离别像路旁开满繁花的枝头，总有一天繁华落尽，总有一天看君辞去。我站在一个个路口，看着一路陪我走来的人们相继奔赴不同的方向，步入不同的人生轨道。站在离别的路口，我依旧还是会哭泣，会感伤，但是依依惜别后，我会把每份情谊记在心里，带着浓浓的情谊，踏上漫漫人生路。

合资买铅笔

在高速发展的社会，科技不停地进步，人与人之间却日渐生疏。不过，这样一类人的兴起使人开始拉近彼此的距离，互相帮助、互惠互利，他们是——“拼客”。拼饭、拼旅游、拼购物……没有什么是不能拼的。几个人拼在一起消费，在节省开销的同时，同样能享受到每个人应得的服务。我不知道这种生存方式是哪个聪明人发明的，不过，当年上小学的我就已经开了“拼铅笔”的先河，当了一把小小的“拼客”。

那是我刚转到乡下小学读书的第二周。

有一天，同桌问我愿不愿意和他合伙买铅笔。我愣了愣，铅笔还有合伙买的？怎么合伙呀？他说，就是把两个人的钱合起来去买铅笔，买回来后再合用这支铅笔。“放心，这次我们合伙买自动铅笔芯，好分，保证不欺负你!”同桌见我一副疑惑的态度，就拍着胸脯保证说。

“可是为什么要合伙买呢?”我再次发出疑问。他说他口袋里的钱不够买一盒铅笔芯的。“那我借给你钱不就行了吗?”“借?我拿什么还哪?”“那好吧,你说怎么个合伙法?”见他一脸的为难,我充满豪气地说。“老规矩。”“什么老规矩呀?”“噢,你是新来的,还不知道规矩,我讲给你听。”同桌认真起来:“一盒铅笔芯是 5 毛钱,我出 2 毛,你出 3 毛,买回来咱俩平分。”“凭啥让我多出呀?”“我还没说完呢,谁出得少谁跑腿,负责购买,这样你就不亏

我在乡下求学时,和同学一起玩游戏

一路玩来是长大
阳光女孩范姜国一的成长笔记
范姜国一 著
全面记录快乐成长的随笔集
《好爸爸胜过好老师》作者东子
快乐教子喜结硕果！
3年半小学，2年半初中，
15岁考入重点大学！
中央电视台《中国周刊》上榜人物
《人民日报》等海内外600多家媒体报道
北京师范大学出版集团
北京师范大学出版社

了。”可是我还是觉得亏，于是说：“那你出 3 毛，我出 2 毛，我去买怎么样？”“我不是没钱才提出跟你合资买吗？我就 2 毛钱。我要钱够了就不找你了。”同桌有些不耐烦了，“行不行？不行，我找别人了！”我不情愿地点点头：“那好吧。”随后找了 3 毛钱递给他，他高兴地笑了，扬扬手里的钱高声说：“你就等着用现成的铅笔芯吧！”

午休后，我早早来到班里等同桌。快上课了，他才跑进教室。我催促他快点拿出买好的铅笔芯给我看看。他很严肃地掏出来，“别急，我来分。”接着就把所有的铅笔芯倒在桌面上，然后趴在桌子上一根一根很认真地数着。“总共是 30 根，你数一下你的这些是不是 15 根。为了照顾你，这装铅笔芯的盒也给你吧。”

我也学着他的样子，认真地清点了一下他交给我的铅笔芯，果然一根不多一根不少，正好 15 根。拿着这只有半盒的铅笔芯，我感觉很新奇。同桌已经急不可待地将一根新铅笔芯装进自动铅笔里了，我也想感受一下使用合资买来的铅笔芯是怎样的滋味，于是将自动铅笔里还没用完的铅笔芯卸下来，装上一根新买来的铅笔芯，小心翼翼地在本子上划拉两下。

同桌又冲我笑，我也感觉很开心。从此，只要同桌提出合资，我总是积极响应，我们合资买铅笔芯，买墨水，还合资买小零食。我们打开合资买来的薯条包装袋，你吃一根我吃一根，“齐心协力”很快就将一袋薯条“消灭”一空。

尽管我口袋里的零钱足够我独自去购买这些东西，但是我喜欢“合资”，因为合资能减少一些不必要的浪费，还能感受到团结和互助的温暖，体会到友情和集体的凝聚力。

曾经的“合资”与现在的“拼客”应该是相同性质的事物，它们加强了人与人之间的交流，让人感到快乐。如果连铅笔芯这么微不足道的小物件都能合资购买，还有什么不能拼呢？其实，合资或拼的不是某一样物品，而是人们之间的友好和关爱，合资购买到的是团结一致的友谊，拼起来的是一颗完整的充满热情的心。

渔翁一日

“捕鱼达人”是现如今火爆风行的游戏，基本上人人都是“掌上”捕鱼达人，但现实生活中，很少有人能做到真正的达人。虽说很多人都喜欢钓鱼，但凭老爸和我的性格，钓太不实惠了，所以我们一般都用捞的，或者干脆直接脱了鞋袜下河捉。这种方式主要基于老爸童年时摸鱼捉虾的经历，老爸把这个方式沿承了下来，在我童年时传授给了我。这样的捕鱼方式够不够达人呢？可能您还不服气，没关系，您只管往下看。

那是2005年五一长假的最后一天，爸爸决定带我和妈妈去乡下捕鱼。我高兴得跳了起来：“太好了，我们可以自己打鱼了！我要当渔翁喽！”

上午8点半，我们带上爸爸事先准备好的筛子、水桶等捕鱼、装鱼的用具便出发了。经过半个小时的车程，来到了目的地——黄水河岸边。

爸爸这个“渔头”给我们分工：我做爸爸的助手，和他一起下水捕鱼；妈妈负责将我们捕到的鱼捡进渔桶里。

分工明确，捕鱼工作就开始了。

我和爸爸在岸边观察了一会儿，选择了一个看着有鱼的地段，我们就下了水。先将筛子悄悄沉入水中，然后慢慢端起来。我在爸爸身后大气不敢出，生怕惊着入网的鱼。可是前两次网到的只是稀泥和杂草，鱼影都没见着。我推推爸爸，轻声说："换个地方吧，这儿可能没有鱼。"爸爸没吭声，接着将筛子沉入水中。我不抱什么希望，没精打采地看着爸爸缓缓抬出水面的筛子，没想到里面竟然有两条拇指大小的小鱼在翻滚着！

我一看，真的有鱼啊，于是来了兴致，央求爸爸让我也端着筛子捞一把。爸爸说等他捞累了再给我。可是什么时候爸爸才能累呢？不行，我要自己动手！

于是，我重新上岸，蹲到岸边静静地观察。突然我发现有几条小鱼在四处游动，我的视线跟着它们游走着，眼见它们潜入了岸边的水草里。于是我悄悄地躬下身，将双手探入水里，慢慢朝着小鱼隐身的水草围拢过去。感觉有鱼在撞击我的手，我很兴奋，待我将双手捧出水面时，才发现手里只有裹着泥巴的一块小石头。我很懊丧，蹲在那里直叹气。

爸爸回头看到我的神情，就鼓励我说，捉鱼不能心急，而且最好选择一个有小水洼的地方。于是，我找到一个比脸盆还小的一个小水洼，静静地蹲在旁边等待着。过了一会儿，还真有两条小鱼游来，见它们钻到石缝底下，我张开手悄悄跟进，慢慢滑向小鱼藏身的石缝，将双手往上一捧，一条活蹦乱跳的小鱼跃然手上！呀，没想到，我也这么厉害！一个多小时的时间，我用这种方法抓了 10 来条小鱼。

爸爸终于喊我过去接筛子了，我激动地端着筛子，学着爸爸的样子忙活了一阵子，比我自己用手抓鱼的“成绩”好多了。

午饭后，爸爸说要换个地方。我跟着爸爸沿着河岸边走边看，突然爸爸停在了一个脏水泡前，转来转去地观察。因为水少又脏，根本看不到鱼，我自认为鱼肯定不愿意生存在这样的脏水里，于是催促爸爸到别处去捕，爸爸却坚持说这里能捕到鱼。小胳膊拧不过大腿，况且爸爸是有经验的捕鱼老达人，没办法，只好听他的了。爸爸第一筛子下去，捞上来一堆草，第二筛子上来一堆泥。他把泥扣倒在岸边，又往水里放筛子。我蹲在那里，突然发现，那堆被抛弃的泥里有东西在动，我用一支小棍扒拉了一下子，从里面竟然蹦出一条满身是泥的鱼，而且个头还不小！我高兴地连连扒拉着，把那堆泥摊开，翻来覆去地检查，可再也没有跳动的“泥巴”了。不死心的我又转身挑动爸爸最先倒掉的那堆草，结果还真从里面找到了一条小鱼。于是，我来了兴致，协助爸爸把这个小泡子搅了个遍。这个极不起眼的小脏水泡，竟为我们“贡献”了几十条小鱼。

不知不觉中，一天的时光就这样像鱼一样游过去了，我们满载而归。

这些年来，家里车的后备箱常年备着渔网、筛子、水桶等物，不管是驾车郊游还是外出旅游的路上，只要看到可能有鱼的水域而时间又充裕，老爸就会马上停车，下河准备战斗。这阵势，还不够称为捕鱼达人吗？

老师，我们谈谈

我人生中第一次谈判，始于我的一句话：老师，我们谈谈。

那时，我刚刚转到位于胶东半岛的黄城集小学，对于新班级来说，我还是新同学呢，不过不久班上又新来了一名同学叫沈辛辛（化名）。

稍稍目测一下就知道他比我大许多。先说个头吧，他比我们班最高的同学还要高一脑袋，而我当年简直就是个“小不点”，看他一眼得用仰视还得踮着脚；再说年龄，他那时跟我现在一样大——十五六岁，而当时的我才九岁。

可老师竟然把他安排坐在第一排的我的旁边。

最初，我并没有在意和沈辛辛同桌，本来我旁边就是空着的，新来的同学没地方坐，坐在我旁边也是理所当然的。可是，他在我旁边坐了一周多，我越来越觉得和他同桌太不合适了。第一，看得出来，他学习基础很差，上课总有听不懂的地方，于是总是问我老师在说什么，而那时我也刚来新班级不久，老师的一些方言土语我听着也费劲，不仅回答不了他的问题，而且还影响了我听课；第二，他很淘气，上课不时地做小动作，不是铅笔掉地上了，就是橡皮找不到了，晃动着身子到处找；第三，他还总欺负我，伸长了胳膊占了大半个桌子，挤得我缩在桌子的一角，要多难受有多难受。

我开始不淡定了，每天都盼着老师调座位，可是等了好几天，也不见老师有调座位的意思。我想这件事不能就这么等下去，可是怎么办呢？虽然当时妈妈也在学校里教书，和我的班主任老师还很熟，只要告诉妈妈这件事，妈妈肯定会去找我的班主任老师谈我的想法。但是，我不想靠妈妈解决这件事，爸爸妈妈不是说自己的事情要自己想办法解决吗？他们不是说我的办事能力很强吗？这一次，我就要自己来处理这件事，而且是成功处理！

经过几天的酝酿，我在心里预演了很多遍想要对老师说的话。那天一下课，我追老师来到教室外："老师，我们谈谈好吗？"老师愣了一下，笑着问："你要和我谈谈？我们谈什么？"

"老师，您觉得沈辛辛和我同桌合适吗？我想请求您给我换个同桌！"接着我把理由详细说给老师听，最后还加了一点："他是班里个子最高的，却坐在第一排，不仅挡着后面的同学，而且看起来也不整齐呀。”老师静静地听我说完，最后点点头说：“你说得真好，一条一条的理由这么充分，今天我就给你调一个新同桌。”

我高兴地跳着说：“谢谢老师!”

果然，再上课的时候，老师把沈辛辛调到了后面，坐在我旁边的是一个个头和我差不多高的小女孩。我们相处融洽，并成为了关系很好的同桌。

虽然那句“老师，我们谈谈”意味着我从那时起会使用语言保护自己，通过沟通改善人际关系，但是，其实现在想想，因为自己受到些影响而不考虑他人感受就随便地“抛弃”同桌，这种做法貌似有些自私，自己私下去找老师调换座位，有点不妥。我为年幼的我，考虑不周全的处事方式也感到深深的自责……

五年级（2005 年 8 月—2006 年 3 月）：再玩一年上中学

回家上学

回家上学，不是因为我调皮捣蛋被学校退了学，而是学校太不“乖巧”，被我炒了鱿鱼。

“太阳当空照，花儿对我笑。小鸟说，早早早，你为什么背上小书包？我要上学校，天天不迟到……”小时候的我每天唱着这首歌早起上学，而回家上学后，不用“背上小书包”，也不用“上学校”，更不用“天天不迟到”了。早晨起来，从卧室到厨房，吃完早饭后从厨房到书房。书包是不用背的，因为书都在书房的书桌上放着；路是不用走的，因为“学校”就在家里；“迟到”也是不用担心的，因为几分钟的时间就可以从被窝到课堂……

曾经留下我足迹的黄城集小学，有着美丽的自然风景。可是，在应试教育大环境的影响下，这所学校也如其他学校一样，把培养做题达人作为最高目标，把奉行题海战术作为终极指令。学校的整个学习氛围压抑而紧张，每个学生都像考试机器一样，运行速度极高，但是生活趣味匮乏。

除了每天正常的作业之外，学校还巧立名目地布置什么早作业、午作业，名堂稀奇得我都没听说过，反正就是变着法子让我们学、学、学。早晨不到 6 点，走进教室抬起头就能看到满满一黑板的题，而且基本上都做过很多遍了，老师美其名曰：熟能生巧，即使做过，也必须在正式上课前都做完，否则就会被老师和全班同学鄙视你的做题速度，甚至被质疑学习态度，此乃早作业；中午吃完饭不敢耽搁就要赶回学校，照样有大量的作业需要做，谓之午作业；下午放学了还不能离开学校，老师会留下同学在教室里抄写作业题目，然后还要留回家后写的作业，哪怕吃完晚饭马上就写，也要写到晚上 9 点多才能完成。

这样一来，我根本没有时间看课外书、看电视和玩耍，这明显和爸爸的教育理念相违背。尽管爸爸一再找校长和班主任谈他的教育思想，希望学校能对我特殊考虑，争取为我“减负”，虽然征得了校长的同意，我的作业可以缩水，可是属于我自由支配的时间还是少之又少。

在学校的大半年时间里，我握笔的右手中指关节磨出了厚厚硬硬的老茧，眼睛也时常会看不清东西。妈妈带我去医院检查，大夫说这是视疲劳引起的，需要多休息，否则眼睛会近视的。可是，哪里有休息的时间啊，连睡眠的时间都快被剥夺了。

尤其临近期末考试的那一段时间，老师一再提前我们到学校学习的时间，延后着放学的时间，一天里我在学校待的时间越来越多。爸爸说，这种机械的学习大大增加了我们的学习量，可学习效率并不高，学生一个个累得像小老头似的，可不见得能学到多少知识。他强烈反对我做那些早作业、午作业，反对我早起去学校，放学了还留在学校做习题。可我不想搞特殊，不想看到同学异样的眼光，不想让老师心里不高兴，更不想被老师和同学一起鄙视我的做题速度，质疑我的学习态度。就这样，我一直坚持着在题海中挣扎。

直到期末考试那天，本来早上 8 点开考，可老师非得要求我们早晨 6 点到校，说争取在开考前再给我们辅导一下。爸爸终于 hold 不住了：“平时都讲什么了？考好考不好，学得学不得，就在这几个小时呀？到考试了本应让孩子好好休息一下！得，这个学咱们不上了！”

在老爸超人的魄力下，我离开了学校，成了一名不上学的小学生。爸爸妈妈为我制定了学习计划，分别辅导我的文化课和培养我的综合能力。在这个家庭“私塾”里，爸爸既是校长又是后勤主任，妈妈既是班主任又是任课老

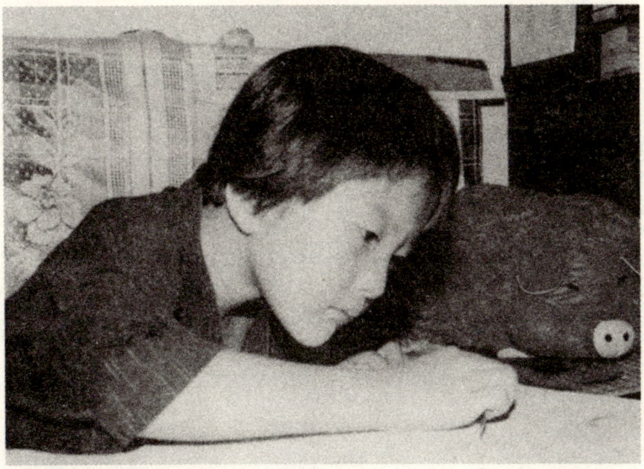

我在家中作画

师，而我既是班长又是学习委员还是科代表……这样特殊的学习生活每天按部就班、有条不紊而又妙趣横生、丰富多彩地进行着，我可以和妈妈辩论，可以和爸爸比赛；生物课可以搬到山野里上，历史课可以看电视剧……没有成堆的作业，没有早起晚睡，更没有排名次、罚做题……

此外，我有充足的时间玩、看课外书，还能看电视。虽然算下来每天只有 5 个小时在学习课本知识，可是我的学习兴趣高昂，使得学习效率很高，学习进度很快，不到半年时间就学完了五年级全学年的课程。余下的时间里，爸爸强化我的写作能力，利用闲暇时间，写出了《玩过小学》的大部分书稿。妈妈则着重培养我的理解、分析等方面的能力，还为我制定了更多的参与社会活动的计划。

也许，在学校接受疯狂做题训练的同学们做题速度比我快，考试分数比我高。但是，在家上学期间，我所接受的纯正的素质教育让我的综合能力直线上升。我可以在玩耍的快乐中提升各方面的能力，做到真正的德、智、体、美、劳全面发展。如果在未来自立生存的社会大背景下，我想我可以大言不惭地说，我一定不会逊色！

砍 价

砍价是一门艺术，汇集了语言、思维、表情等多渠道的沟通技巧，是一项立体的、多层次、全方位的买卖双方就商品价格进行的斡旋，你拉我扯中上演了一场3D版智慧商战片。

虽然在我5岁的时候，就有了独立买东西的经历，比如帮妈妈下楼买菜、偶尔给自己买点小零食。不过那个时候，我是不懂砍价的。

后来，跟妈妈去市场买东西，发现妈妈有时并不按人家说的价给钱。“为什么要少给人家钱呢？钱给得不够，卖东西的人还不生气，还照样把东西给妈妈，真是奇怪！”我“研究”了很长时间也没弄明白这个问题，于是问妈妈。

妈妈很耐心地给我讲，我才知道这叫砍价。看过几次妈妈砍价后，我觉得这事也不难，不就是把对方说的价钱再降低一些吗？我也会。

“师傅领进门，修行在各人”，于是，那天去买钢笔，我想学学妈妈来场实战，试着砍砍价。站在文具柜台前，我挑了一支自己喜欢的钢笔，问卖钢笔的阿姨多少钱。她说：10块钱。我想了想，有点不好意思地问："8块卖吗？"阿姨笑了："年纪这么小，就知道砍价了。好吧，就8块钱卖你吧。"我心里很高兴，看，这砍价多容易啊，一说就成了。不过，是不是还要继续"砍"啊？阿姨正拿起钢笔往盒子里装，我"得寸进尺"地问："那，6块钱卖吗？"阿姨这一次笑得更厉害了，说："这小孩子真逗，哪有你这么砍价的，一次说好了，就不能再降了，要不然我们还怎么谈呀？不过看你小，就6块钱卖你了。"说着，把装好的钢笔递给我。

本想再接着"砍"的，听阿姨这么说了，只好把那些想好的砍价的话放回肚子里。不过，拿着砍价买来的钢笔，心里还是很乐，觉得自己很能干，足足省下4块钱，可以买很多本子呢。

回到家，我把买钢笔的过程说给妈妈听，妈妈也哈哈大笑，说我砍价的"规则"有问题。"你认为东西该值多少钱，要一次说到位，不能等人家答应卖你了，又接着往下落价。"我点点头，记住了妈妈的话。

又有了砍价的机会，我要给妈妈买洗衣粉。拿着钱进了商店，我指着洗衣粉问站在柜台后面的叔叔多少钱，他说，3 块钱。我就开始想，该砍掉多少钱呢？妈妈说要一次说到位，不能降了再降。既然不能降了再降，那就使劲降一下吧，我一咬牙没跺脚："3 毛钱卖吗?"叔叔瞪大了眼睛看着我，半天才说："小孩，不买东西出去玩啊，没事逗我玩呀？我没空。"我举起手里的钱，焦急地说："我真是买洗衣粉，不是逗你玩!"叔叔就笑："哪有 3 毛钱的洗衣粉呀？你妈妈就给你 3 毛钱让你来买洗衣粉吗?""那倒不是，妈妈给了我 5 块钱呢。可是买东西不是都要砍价吗?""我们这洗衣粉啊不讲价的，就 3 块钱一袋。"

价没砍下来，我很懊丧地拿着洗衣粉回家。妈妈问我怎么了，我说了事情经过。妈妈告诉我，不是什么东西都要砍价的，价钱也不是随意砍的。"你还小，不用在这件事上费太多心思，等长大了，你自然就懂了。"

经过十来年的锤炼，我的砍价功力虽有上升，但是也就小打小闹而已。现在，在商场里偶尔看到砍价高手，我就会用膜拜的眼神看完整个砍价的过程，然后啧啧称奇。砍价真是门艺术，我还是在实战中慢慢提升战斗力吧，争取不被防砍价达人秒杀就好。

最后一个圣诞节

2005年的圣诞节，对于大多数人来说没什么两样，而于我却有着不同寻常的意义，那是我童年的星光，是我泛黄的记忆。因为，那是我的最后一个圣诞节。

最后一个圣诞节是2005年，而第一个圣诞节要追溯到更久以前，那是我5岁的时候。

突然有一天，幼儿园里摆了一棵塑料松树，上面挂满了五颜六色的小礼物和各种各样的小彩球，还有闪闪发光的小灯笼。窗户的玻璃上用彩纸拼出了四个大字，老师告诉我们，那是“圣诞快乐”。

这是我第一次听到“圣诞节”、“平安夜”、“圣诞老人”、“圣诞树”、“圣诞礼物”等词语，这些新奇的词第一次出现在我的头脑里，它们像冲击波一样，使我的大脑皮层被刺激得既兴奋又期待。尤其听到妈妈说，圣诞老人会给他喜欢的孩子送圣诞礼物的时候，我激动极了，因为老师和爸爸妈妈都说我是懂事的好孩子，那么圣诞老人一定也会喜欢我，我就会得到圣诞老人送的礼物。这样一想，我一下子来了劲头，掰着小手指头，算还要等几天才到平安夜。

虽然第二天就是平安夜，我还是等得很心焦，因为这是我小小的人生中第一个圣诞节，幼稚的我还想见见圣诞老人本尊。好不容易看着日历翻到了“12 月 24 日”，又把星星给盼了出来，我紧张地坐在沙发上等圣诞老人来敲门，还草拟着怎样跟圣诞老人交谈，纠结着应该跟圣诞老人握手还是拥抱一下。妈妈说，圣诞老人只在小孩睡着以后才来，他从窗户爬进来，把圣诞礼物放到孩子们事先挂在床头的袜子里，然后再从窗户爬出去。虽然妈妈早就为我准备了圣诞袜，可我觉得袜子太小了，圣诞老人就只能放一个小小的礼物。再说袜子多脏啊，万一圣诞老人嫌袜子臭怎么办，所以我把袜子拿掉，把爸爸买来的圣诞帽子挂在了床头。

在妈妈的催促下，我激动地钻进了被窝，静静地等着圣诞老人。我睁着大眼睛，紧紧地盯着窗户，可半天还没有动静，我想起了妈妈的话，可能圣诞老人看见我还没睡着，才不进来的。于是，我赶紧闭上眼睛，打算假装睡着，等圣诞老人来的时候，我再偷偷睁开眼睛，这样就不会被发现了。可是，圣诞老人没等到，我却先睡着了，在璀璨的星空下，我睡得很香，精心策划的计划在睡梦中化作一缕暖暖的阳光，照到了我青葱的心田里。

等我睁开眼睛的时候，天早已大亮，梦中的阳光照在我的床头。迷迷糊糊的，我睁着还朦胧的双眼，起身爬到床边，伸手去摸挂在床头的帽子。哇！帽子鼓鼓囊囊的，装满了东西。我一下子坐直了身子，把帽子摘下来抱进怀里，激动得打开，朝里张望。这时候妈妈走进来了，她笑着凑过来，问：“圣诞老人都给你什么礼物了？”我一下子按住帽子，生怕妈妈拿似的：“这是圣诞老人给我的礼物！”妈妈说：“我知道是给你的，妈妈看看还不行？”于是，我重又打开帽子，一样一样往外拿：旺旺雪饼、露露杏仁露、铅笔刀、画笔、卡通画、贺卡、发卡、小镜子……这么多呀，全是我喜欢的东西。“圣诞老人真好！他怎么知道我喜欢吃雪饼，喜欢喝杏仁露？”我既感到幸福又充满疑惑。“因为他是圣诞老人呀！他喜欢你，所以你喜欢什么他都知道。”妈妈笑着说。

我把礼物一件一件放好，要上幼儿园了，又忍不住拿了两样装进书包，我要给好朋友们看看圣诞老人给我的礼物。我还很好奇，圣诞老人都给他们什么礼物了呢？我一路上想着。结果到幼儿园后，很多小朋友并没有得到礼物，他们看着我手里的礼物，羡慕得不得了。我更得意了，他们一定是圣诞老人不喜欢的孩子，所以就得不到礼物。我下决心以后要更加努力做个乖巧懂事的孩子，让圣诞老人一直喜欢我，每年都送礼物给我。

果然，这样快乐的圣诞节我过了 3 个，而且每次都会得到花样繁多的礼物。

一转眼我 7 岁了，渐渐地知道了世上并没有圣诞老人，他是一个虚拟的形象，是孩子们心中的幻想和期待，真正的圣诞老人其实是爱我们的父母，而孩子们的圣诞礼物也是爸爸妈妈在我们熟睡时，悄悄放在床头的爱。面对圣诞老人的“消失”，我心里很失落，如果圣诞老人真的存在该多好啊，或者我永远不知道这个真相，让期待永远留在我的心里。爸爸安慰我说，虽然你知道了真相，但在圣诞节的时候，我们还会为你准备礼物的。我心里感激爸爸妈妈，感谢他们给了我快乐的圣诞节，感谢他们煞费苦心准备的礼物，感谢他们给了我“圣诞老人”美丽的梦，感谢他们对我悄无声息、不留痕迹、充满梦幻的爱。

之后的圣诞节如往年一样充满节日气息，我同样会收到一帽子的礼物。可是，心境和往年不太相同，少了神秘多了真实，少了激动多了感动……

2005年，8岁的我郑重地对爸爸妈妈说，我以后过圣诞节不要礼物了。爸爸点点头说：“好吧，这说明你长大了。不过我们还是再给你过一个有礼物的圣诞节吧”

就这样，那年的冬天如约而至。平安夜里，我平静地躺在自己的小床上，想象着半夜里爸爸妈妈悄声进来，把礼物放进我的帽子里，然后心满意足地悄悄离开……

洁白的雪花片片飘落，圣诞老人也许会在雪中派发礼物，也许会在窗口凝望他喜欢的孩子们，也许会幻化成一丝甜蜜的爱，融化在雪花中，降落在孩子们的天真里。雪静静地覆盖了地面，堆积在地上的雪如同我记忆中堆积的圣诞礼物，在阳光下闪闪发光的白雪一如我熠熠生辉的童年，和那充满温馨的最后一个圣诞节。

换种玩法

在家上学这一年，我还玩出了一部书——《玩过小学》。

2006年五一长假过后，我和爸爸应邀为《玩过小学》做全国巡回签名售书活动。40多天时间里，我们跑了全国各地的20多个城市。这是我最高兴的一段时间，因为它使我的玩耍得到了延续，玩的项目得到了增加……

一

原来以为出书和签名售书，都是大人的事，没想到我还没长大就出了书，而且还能签名售书。因为听爸爸说，不是每个出书的人都能签名售书的。

签名售书的过程和电视里看到的一样：一帮人把你围住，近前的拿着书往你手里送，后面的把书举得高高的，那叫一个“乱”啊，有时都把我挤到台下了，幸好有出版社和书店的叔叔保护我，不然我非被踩着不可。

尤其是在长沙，一次签了500多本，满头大汗呐，累得我手都软了。干啥干多了，都会有经验，签名也是。因为怕在现场签不过来，所以有时我们只好提前签好一些，以备急用。这样的场面一般是在学校里或者是影剧院。

而在新华书店的签售就不一样了，可能是有组织经验吧，读者都是排队按顺序签名，因为有序，所以井井有条的，虽然也签了不少，可没那么累了。

二

我是听着爸爸的演讲报告长大的，据说在我 4 岁的时候，爸爸在东北师范大学作报告时，我竟然跑到台上去找正在演讲的爸爸，在上台阶时被一个叔叔给抱了下来。不然，我登台演讲的历史可能就更早了。

真正登台演讲是 2006 年 5 月 14 日，在长沙市少年宫，听出版社的社长彭阿姨说，当时有 700 多名家长带着孩子听我和爸爸的演讲。那次活动的主持人是《玩过小学》的责任编辑、湖南少儿出版社副社长谢叔叔，他把我向大家介绍了一番后，我就蹦蹦跳跳地跑上了台。

往下一看：妈呀，咋这么多人！还没等我细想，谢叔叔就让我做个自我介绍，于是我声音清脆地说道："长沙的叔叔、阿姨和小朋友们，大家好！我叫范姜国一，今年 9 岁半……"然后，我给大家讲了 3 个快乐成长故事。虽然时间只有十几分钟，可是掌声和笑声却不断。

一个月后，在长春市北安路小学的操场上，聚集了全校 2600 多名学生及几百名老师和家长来听我的演讲，现场我还接受了当地小记者的采访。

三

爸爸当了很多年记者，采访过很多人，同时爸爸也接受过很多记者对他的采访。我虽然也做过小记者，采访过几个人，可从来没有记者来采访我。

随着《玩过小学》的出版，一些报纸、杂志、电台、电视台的记者采访就接连不断，我和爸爸只好分别应付。不知这些记者是有意还是无意，他们大多是把我们分开单独采访，尤其是电视台的记者，他们问了我一些稀奇古怪的问题，我都按我的理解回答了。后来，爸爸看到电视播出的节目，说我回答得很棒。

第一次接受电视访谈是 4 月 28 日，在江苏教育电视台演播室。按照编导阿姨的要求，我第一个上台，接受主持人阿姨的访谈，而后依次是妈妈、爸爸。刚开始往台上走的时候，我很紧张，可当我坐到主持人面前后，就不那么紧张了，渐渐地就放开了。

第一次做直播节目是 5 月 18 日在湖南金鹰广播电台，因为是第一次，所以很好奇，摸摸这看看那。主持人阿姨担心我在接听听众热线时不专注，爸爸告诉她“不会的”。果然，不负爸爸所望，热线开通后，我一本正经地回答了5位听众的提问。节目结束后，主持人阿姨一个劲儿地夸我！

四

在《玩过小学》这本书里，有一篇《起飞》，说的是我从没坐过飞机的事。可就在我写完那篇稿子3个月后，我就实现了这个愿望，而且这一坐就是没完没了。

人生的第一次总是让人难忘，第一次坐飞机是2006年5月8日，由于从烟台到长沙没有直达航班，所以只好先到上海，再从上海转机到长沙。

9:10的飞机，我们提前一小时到达机场，先是办理登机牌和行李托运，我随爸爸出示了飞机票和身份证，爸爸特意嘱咐那个阿姨要了一个临窗的座位。而后，我们来到了安检口，顺利通过安检后，我们在4号登机口候机。8：40开始登机，在机舱找到座位后，我临窗而坐，自然是不会消停，望望这看看那，先系上安全带，打开小桌板，然后打开“安全须知”……

9:10飞机开始滑行，大约5分钟后一跃而起，穿过云层飞向蓝天。透过机窗，房屋、田野、道路、河流渐渐缩小……又过了 10 分钟左右，飞机进入平稳飞行状态，屏幕显示：飞行高度 9000 米，飞行速度 860 公里/小时。

1 小时后，飞机平稳地降落在上海虹桥机场，午饭后，我们又登上了飞赴长沙的航班……

五

我是一个爱交朋友的人，所以走到哪里，我都能结识一些小伙伴。

这次签售活动后，长沙、广州、北京、沈阳、南京等只要是我们去过的地方，我都交了朋友，真可谓五湖四海皆兄弟（姐妹）。

签售《玩过小学》时，我和长沙的小朋友在一起

签售《玩过小学》时，我在广州与家长和小朋友分享我的快乐成长故事

在长沙与小伙伴玩跳跳球、吹泡泡；在广州与小伙伴玩扑克、捉迷藏；在北京与小伙伴玩猜字谜、脑筋急转弯；在沈阳与小伙伴玩弹力球、跳棋、五子棋；在南京与小伙伴玩词语接龙、踢毽子……

这次签售活动给我带来的收获实在是太多了，真是数也数不完。让我感到玩耍不仅仅是棋呀牌呀球呀什么的，只要有心用心，能够换来开心，都是玩耍。签名售书让我在玩耍的过程中得到了新的体验和收获。

初中篇

一年级（2006年8月—2007年6月）：再跳级上了中学

二年级（2007年8月—2008年10月）：愉快轻松过初二

三年级（2008年10月—2009年3月）：初三在家玩半年

一年级（2006 年 8 月—2007 年 6 月）：再跳级上了中学

中学第一课

按照时间顺序，玩过了小学，该走进初中了。而走进中学的这第一课，可是让我盼望了很久。

2006 年 8 月，爸爸带着我漂过渤海海峡，踏上大连的土地，开始了初中生活。那时，大连对于我来说是陌生的，它带给了我太多的新鲜感，当时的我看着每件事物都好像发现了新大陆一般。而开学（军训后的正式开学）的第一天，我更是经历了太多新奇的事。

那天清晨，我醒得很早，睁开眼一看还不到 6 点。可是又睡不着，翻来覆去地折腾了半天。后来索性就坐起来，悄悄地穿好了衣服，检查一下书包，然后就静静地坐在床上，憧憬着我的初中生活。

吃过早饭，好不容易熬到了时间，我马上跳起来笔挺地站在门口，整装待发！因为是第一天上学，爸爸说送我去学校。学校离家很近，步行一会儿就能到达。一路上爸

我是中学生了

爸不停地让我记住一些路标，以便今后我可以自己独自去上学。可是，我根本没有心思去记那些标记，心里只是激动着，恨不得一步就跑到学校。

终于看到学校的牌子——大连市第七十七中学，然后远远地看到校园里三三两两的学生……在校门口照了几张相后，回头跟爸爸说了声“再见”，我便飞快地跑入人群，随大家进了教学楼……

我很顺利地找到我所在的班级：初一年级第11班。我有些紧张地在门口张望，教室里已经坐满了同学，似乎大家都注意到门口有一个小身影在游晃，好多人的目光“唰”地一齐射向我，害得我不好意思地赶紧缩回头。平静了一下激动的心情，我重又探过头，然后假装镇定地走进教室……

一阵忙乱之后，终于到了上课时间。我笔直地坐在座位上，等待着老师来上课，等待这让我期待了很久的第一课。这时候，脑子里有很多问题在“打架”：这中学老师是什么样子的呢？他们怎么讲课啊？他们讲的我能听懂吗？……

正胡思乱想呢，只听一声清脆而响亮的口令：“起立!”我赶紧随着大家站起来，这时一位老师走上了讲台，她个子不高，留着短发，看上去很精神很年轻。经过自我介绍，我知道她是我们的班主任，而且给我们上数学课。

老师说，从今天开始，我们就是中学生了。然后给我们讲了很多中学生活的特点，学习方式，等等，听得我既激动又紧张。激动的是，从今天开始，我就要过一种不同于小学的全新生活了；紧张的是，老师说，初中的课程比小学多，学习压力也比小学大，我不知道自己能不能适应这种生活。环顾四周，所有的同学都比我大，好多都大我3岁（我当时还不满10岁），甚至4岁，个头也比我高一截，今后我就要和他们一起学习，一起感受中学生活的充实和忙碌了。

接下来，一大群老师正在接近——英语老师、语文老师，各科老师……一天下来，基本上每位老师都和我们见了一面。随着一节课一节课地过去，比起在小学，尤其是在家里学习的那一年，初中的课时节奏确实很快。可是我心里越来越轻松，因为我逐渐发现，中学的课堂和小学的课堂没有太大的区别，中学的老师和小学的老师也没有什么不同。我越来越自信地想，我一定能做一名合格的中学生，我一定能顺利度过中学生活，虽然我比同班同学小几岁，但我一定能做得和他们一样好，甚至比他们更好！

很快，一天的学习生活结束了。放学的路上，我背着书包一蹦一跳地回家，抑制不住内心的快乐，我开心地唱起了儿歌：“一闪一闪亮晶晶，满天都是小星星……”正唱得开心呢，我忽然停下来，不行，不能再唱这个了，我都是中学生了，以后要成熟一些啦，我在心里高兴地想……

现在，回想初中的第一课，记忆依然清晰，因为高中、大学的第一课我都是以同样的心态和心情度过的，唯一不同的是，表达方式成熟了一些，而且放学的时候没有唱儿歌。

第 19 考场

先向您介绍一下“第 19 考场”是怎么回事。

每个上学的人都知道，每有考试，学校总要安排考场，而决定哪个学生在哪个考场考试的标准是考试成绩。

当时，我们初一年级有 12 个班共 600 多名学生，每个考场 30 人，所以一共有 20 个考场。

学校在每次考试之后都要按成绩为 600 多名学生排顺序。然后在下次考试的时候，从第一名到最后一名学生，按照顺序被依次安排到第 1 考场、第 2 考场、第 3 考场……第 20 考场。

我们老师说，这样做是为了激励每个学生努力学习，争取每次考试都有进步。因为这次考试名次提前了，下次在安排考场的时候，也就会被安排在数字靠前的考场。也就是说，这次你坐在第 19 考场，下次就有可能提前到第 18、第 17 考场，甚至第 1 考场。事实也的确如此，我们班几乎每个同学，几次考试之后，所在考场都有了很大的变化。

可是，我始终都在第 19 考场。

我当时的成绩在全年级属于中等稍有偏上，如果按这个标准安排考场，我应该被排在第 8、第 9 考场。可是，每次考试，我都被安排在第 19 考场。坐在第 19 考场，我心里总是很不舒服。同学们会怎么看我？一定会说，范姜国一学习很差，是倒数的，所以只能在第 19 考场考试。因为有这样的想法，所以我特别不喜欢考试，每当考试即临的那几天，心情总是隐隐地有些压抑。尤其是考试那几天，我更是不痛快。每次进出考场，我都是低着头快步地走，尽量避免和熟悉的同学打照面。我讨厌看到别人异样的目光。

如果我真的是学习成绩不好，那我无话可说，心甘情愿地坐在第 19 考场考试。可事实并非如此呀，因此我很不甘心接受这样的安排。终于忍不住跑去问老师，为什么我总是在第 19 考场啊？

老师明白了我的疑惑，她笑着解释："后面这几个考场的考生大部分是成绩排在后面的，但也有个别情况特殊的。比如你，就是因为学籍不在咱们学校，每次考试成绩不参与排名，所以才被放在后面的考场的。"

我听了心里很不是滋味，难道即便我考第一名，也要被分在第 19 考场吗？我就没有机会被"提前"了？那对我岂不是很不公平？

回到家，我把自己的不快一股脑儿倾倒给了爸爸。爸爸问我："第1考场和第19考场的试卷不一样吗？"我说："一样的。""那第1考场和第19考场考试的时间不一样吗？"我依然作出肯定回答："一样的。""那在第1考场和在第19考场有什么区别呢？一样的教室，一样的试卷，一样的考试时间，在哪里坐着都是一样地答题、考试，不是吗？莫非在第1考场就势必考第一名，在第19考场就只能考第600名？"我自然摇头。

爸爸接着说："在哪个考场不重要，重要的是自己的心态。不要在意别人怎么想怎么看，用成绩来说话，用进步来回答，那才是最有力的。"

爸爸不愧是心理专家。听了爸爸这番话，以后再进考场，依旧是第19考场，我却是挺胸抬头大踏步走进去的。

当年对于第19考场的排斥，完全源于自己的自尊心，感到自己的实力没有得到相应的对待。不过，是金子总会发光的，高中时代后期，我像一匹"黑马"从全校几百名文科学生中脱颖而出，那时基本上每次考试，我都稳稳地坐在第1考场。

班长一日

班长，大到负责班级荣誉，小至管理班级秩序，繁及服务老师同学。班长一职虽然权责不是很重，但关乎一个班级的发展，一个班同学的团结。所以，当班长不仅是一种荣耀，更是一份责任和一个历练的机会。可能有很多同学都曾期望当班长，我的小学生活就是这样在期盼与失落中度过的。

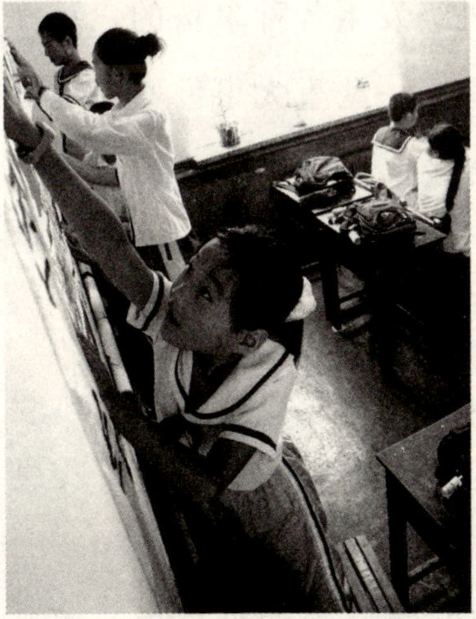

我和同学们一起办板报

跳了两级，我提前进入中学，虽然已经不再像小学时那样希望当班长了，但是这“班长”还是“砸”在了我的头上。

上中学后，班主任老师为了给大家平等的机会，提供展示各自才能的舞台，于是决定让大家轮流当一日班长。这样一来，想不当班长都不成了，总有一天，“班长”会和我不期而遇。此后，我又开始了期盼当班长的日子。

就这样经过了半个学期的漫长等待，终于迎来了我当班长的那一天。

一大早我就来到学校，进了教室，“上一任班长”把“值日班长记录本”郑重地递给了我，算是一个“交接仪式”。这个本子是记录这一天里班级发生各种事情的，写好后交给“下一任班长”。如果发生了一些重大事件，需要及时向老师汇报。我深知这个“交接仪式”的意义：从接过本子的那一刻起，我就是班长了，就要协助老师管理班级了。

班长这一头衔落到我的肩头，让我感到一股力量从心中升起，虽然“官位”不高，但是依然是一种担当，我决心要对得起班长这个称号，哪怕只有一天。

这一天可真够忙的：不仅要观察同学们的表现，查看纪律，还要负责班级内的卫生，每到下课，别的同学出去玩了，而我要围着教室转一周，检查有没有垃圾，然后及时清理干净。更重要的是自己也要认真听课，不能只监督别人，还要以身作则。

午饭后，同学们都在午休，我也正打算放松一下绷了一上午的神经。可没等我进入休息状态，同学就告诉我，刚才教导处的老师通知一年级的所有班长到会议室开会。我听到后，马上拿起记录本，一溜小跑到会议室报到。第一次当班长就遇到了开会这种“大事”，我既感到兴奋，又有些紧张。我们 12 个班的班长围着教导处的老师坐在一个大圆桌子旁，老师主要总结了上周为了纪念红军长征胜利 70 周年举办的远足活动，而后向大家布置了谈感受写感想的任务。我认真地听着，生怕落了哪一个细节，没有记全老师的话。40 分钟就这样紧张而愉快地过去了，看着手里拿着的记得密密麻麻的记录本，才长长地舒了一口气。出了会议室，我和其他几个班长一边往外走一边沟通会议感受，并相互参照补全内容。

下午的工作井然有序，眼看一节节课过去，我这个班长也快要卸职了。一天真是短暂，我还没把班长捂热乎就要让给下一个同学，我还没有彻底进入状态，我为同学们服务的时间还很少，这些遗憾在我脑海里回荡，心里不禁有些失落。不过，不一定非要当班长才能为同学服务啊！作为班级的一分子，作为一名普通的成员，我应该随时帮助同学，而不是纠结班长这一光环是否在我头上。自我调节后，失落仿佛消失了，心里更多的是期待，期待第二天，和我不是班长的每一天。

放学后，我最后一次行使了班长的“权力”，召集几个活动小组的组长开了个小会，向他们传达了中午的会议精神。开完会后，我把“值日班长记录本”交给了班主任老师检查批阅，老师看后还表扬了我，说我记录得非常详细。完成任务后，我像是卸了重担，开心地“下岗”回家了。

第二天，我把“值日班长记录本”交给了新班长，我为期一天的班长生涯就这样圆满地画了个句号。

穿针引线

一枚小小的针，一根细细的线，看着不起眼，这穿针引线的学问可大了。

我最早拿起针线是9岁的时候，当时我和爸爸独自生活在大连，虽然当过兵的爸爸针线活做得不错，但是由于他很忙，所以有时就我自己动手了。有一天脱鞋时，突然发现我的一只袜子前脚趾处开了两个洞，我说怎么穿着不舒服呢，再说也难看呀。我原本想让爸爸给我缝上，可我不想因为这么点小事打扰日夜工作的爸爸。于是，我自己拿出针线，学着爸爸的样子——开缝！

要想把线穿到针眼里可真不是一件容易的事，因为针眼太小了，不小心就穿错了，反复了十几次才让线穿过针眼，赶紧拽住线头，狠狠地打了个死结。拿着穿好的针线，我犯了愁，这洞应该怎么补呢？我拿起这只残破的袜子，仔细端详了一阵，反复勘察这两个洞的“地形”，最终也没想出什么好的方案。鉴于当时我那缝补技术，美观根本顾及不上，实用才是硬道理。于是，我索性将袜子洞口周边的布揪起来，乱七八糟地缝到了一起，线头纠缠在一起，想解都解不开。缝完后，袜子的洞是没有了，倒是出现了“一座山”，那两个小布团异常突兀地鹤立于我的袜子上。成品虽然样子很难看，穿着也不是很舒服，但是起码终于把脚趾头包住了，而且质量绝对有保证。

爸爸看到我造型别致的袜子后，先表扬了我的自立意识，然后耐心地教我缝补技术。在爸爸的激励和教授下，我穿针引线的兴趣越发浓厚，技术也更娴熟了。

袜子事件过去半年后的一天，我放学回到家，发现书包不知道遭遇了怎样的蹂躏，开了一个大口子，足足有15厘米长。如果不及时缝上，我的课本都能掉出去。爸爸发现后准备给我缝，不过我争着要自己动手。爸爸不放心，说书包的布太硬我缝不动。我坚持说，让我试试看，如果实在缝不动，再给爸爸缝。

于是，在我撸胳膊挽袖子准备降服我的书包时，爸爸拿过来一个叫“顶针”的东西说：“用这个会容易些。”随后将顶针戴在我比它小一圈的大拇指上，并告诉我顶针的使用方法。我按爸爸讲的方法开始了艰难的缝补。书包确实比袜子硬多了，不用顶针根本扎不进去，而且如果把书包也揪起一个大团团就太滑稽了，所以我只能老老实实一针一线地修复我倔强的书包。

整个缝纫过程历时两个多小时，我累得手心不停地出汗，滑得拿不住针，额头上也挂满了汗珠，不过任务终于完成了，被撕开口子的书包终于“破镜重圆”。爸爸高度赞扬我敢于挑战的精神，并且为我颁发了“不畏困难奖”，还领我美餐了一顿。

通过缝补袜子和书包，既锻炼了我的动手能力，也磨炼了我的吃苦能力，还使我感到很大的成就感。此后需要缝补的东西，我都自己动手，有时还帮爸爸缝一些小衣物。缝纫技术提高些后，我已经不满足于这样的雕虫小技，开始自己制作物品，展现创新精神。

基于这种想法，10 岁生日过后，我的第一件缝制作品诞生了——毽包（口袋）!

首先，我找到一块小花布，然后拿出针、线、顶针等缝制用具和毽包里要放的玉米粒，还有一个在超市里买回来的毽包样品（由于第一次自己动手制作没有经验，所以我采用了仿制的方法），准备就绪，就开工制作了。第一道工序是把布对折叠好，然后齐边开始缝制，技术熟练的我很快就缝完了。我开心地拿着自己的作品欣赏，但是感觉怪怪的，低头看到桌子上的玉米粒，再捏捏手里瘪瘪的作品，才恍然大悟，原来是自己缝得太投入了，一高兴竟然忘了放玉米粒就把毽包的四个边都缝得死死的，做了一个空布袋出来。

于是，只好忍痛拆开一边，把玉米粒塞进口袋里。弄好后我再三检查，生怕再出什么差错，确认无误后，才放心地把拆开的那一边缝上。为了不让玉米粒掉出来，我仔仔细细地来回缝了好几圈，直到封口被我缝得“滴水不漏”才罢休。

“大作”完成后，我急不可待地踢了起来，虽然不如买的那个美观漂亮，但我的这个肯定结实耐用，而且就是这个不起眼的“毽包”，又为我赢得了爸爸设立的“动手能力”和“创新”两项家庭奖励。

现在，除了日常缝补衣物外，我已经完成了从仿制到自主研发的飞跃。对于那些小了许多不再合身的衣服，大多数人是扔掉了事，为什么不废物利用、自己动手、穿针引线 DIY 一件独一无二、充满个性的新衣服呢？

裤腿瘦了的牛仔裤，把裤腿剪下来可以缝成一双时尚的牛仔手套，而裤子的上半部分稍加修饰就是一条牛仔短裤；袖子短了的上衣，把袖子剪掉就变成了马甲，而袖子改造一下可以作为装饰缝在马甲上……这样，一件不能穿的旧衣服完全可以摇身变成几件新衣服，或者化身为一顶帽子、一条围巾、一个蝴蝶结，只要敢于想，并拿起针线自己动手去做，就没有什么是不能改变的，这就是穿针引线的魅力。

要想游刃有余地穿针引线，就从最基础的“揪”袜子开始吧！

二年级（2007 年 8 月—2008 年 10 月）：愉快轻松过初二

今天我播音

“喜悦在这里交织，激情在这里飞扬，这里是 141 中学晨曦广播站，很高兴又与大家在广播中相遇，我是广播员范姜国一。”

广播员——一个神圣的工作。我们作为中转站，把外界的新闻事件、奇闻逸事通过广播的方式讲给学校里的同学们听，让同学们了解大千世界。广播把每个同学联系到一起，同学们可以通过我们将祝福、想法、乐趣、学习等信息传遍校园。所以，广播站就是一个交流的平台，让同学们听完广播后有所感悟、有所收获，这就是我们广播员的职责。

因为晨曦广播站是晨曦文学社附属广播站，于是作为文学社社长的我，就顺理成章地成为了广播站站长。晨曦广播站算上我一共有六名广播员，我们六个人被分成两个小组，轮流播音。每组的三个人分别负责收集素材、编辑素材和撰写广播稿，然后三个人轮流拿着广播稿练习、读熟，接下来就是一起播音了。在组内我被任命为写稿员，我的任务是写广播稿和播音，而我的搭档郑珺、李冬莉则负责为我提供素材。

开学第一期的广播任务降临在我们小组的头上，老师说第一期广播要有新学期的内容，最好再来点振奋人心的广播词。于是，身为广播站站长的我，立即召集我的搭档开了一次小组会，主要研究讨论第一期广播的主题和内容。

经过了半个小时的研讨，最后敲定以“新学期新气象”为主题，鼓励同学们努力学习，收起放假玩散的心，在课堂上集中注意力认真听讲，课下抓紧时间，高效完成练习……

几天后的中午，我跟我的搭档一起走进播音间。那是一个很安静的小房间，隔音性能很好，外面嘈杂的声音都绝于耳际，静得甚至能听到自己的心跳声。房间四周都是密不透风的玻璃，午后的阳光可以直接洒进来，暖暖的。受温度的影响，稍微有些紧张的我手心开始冒汗，话筒被我握出了汗水痕，湿湿滑滑的。看看我身边的搭档，好像跟我一样有些慌乱。铃声响后，我开始了我人生中第一次广播的开场白……

正如文章开头那样，我流利地朗诵着广播稿，一切在汗水中进行着，但是井然有序，一点也没看出在开始之前我们三个人的紧张。我渐渐感觉到手里的话筒干了，额头上的汗水似乎也在慢慢消失。播音间里回响着我们的声音，隔着玻璃，我看到了站在外面的老师满意的微笑。阳光中，我适应了这个“与世隔绝”的小房间。时间一分一秒地流逝，不经意间，我第一次的广播成功地结束了。

自那以后，每次播音我都享受着播音间里的阳光，徜徉于那短暂的广播时间。就这样，在广播站同学们的共同努力下，一个学期的播音工作很快就顺利结束了。初三，我回到了长春，离开了广播站。不过，我和广播的缘分并没有尽，往后看您就会知道，因为今天我还在播音。

我要发言

发言——需要有能够面对错误的勇气和敢于挑战问题的决心，还要有坚信自己能够战胜难题的信心。但是大多数同学缺乏这种勇气和决心，由此也错失了很多良机。

同学们大多不喜欢举手发言，要等老师点名叫起来才回答问题，被叫到了就自认倒霉，极不情愿地站起来回答，没被叫到，就在底下偷偷庆幸。我猜不愿意举手发言的同学们可能是出于害怕答错了老师的问题而在同学面前丢脸，也有可能是不敢面对答错后老师的面孔以及老师严厉的批评，或者不想被同学们认为爱出风头等原因。

因此，上课时常常会出现这样的局面——“这道题我们找一个同学来回答好不好?”老师说完后静静地看着大家，等待某个同学自告奋勇，可本来还很轻松的同学们一听这话，马上动作整齐地全都低下头，不敢直视老师热切的目光。看大家都默不作声，老师满怀鼓励并期待地说：“有没有同学自愿举手来解答一下啊?”话音刚落，同学们的头埋得更低了……

而我偏偏是个例外。只要是我能答上的问题，每次几乎没等老师把问题说完，我就抢先把手举得老高，为的就是让老师看到我，进而让我来发言。

从幼儿园到小学再到初中，我就是这样一路走来。

初二时，一天的物理课上，老师在讲一道实验题，题目是：请用玻璃杯、小灯泡两个、水若干、电源一个、导线若干、铅笔一支、橡皮泥一块、电流表一块中的任意材料，进行实验来证明所学过的概念或定理，要求说出实验过程、实验现象和结论。老师读过题后有很多男生举手要求回答问题，却没有女生（我当时正在审题），可能是女同学都比较害羞吧。于是老师叫了其中的两个男生，他们分别用电流表、导线、灯泡、电源、橡皮泥和铅笔，证明了串联电路各部分的电流相等，以及当压力相等时，面积越小，压强越大。可是当两个男生都回答完毕后，还是没有女同学举手，只听物理老师说："我就不信女同学比男同学差，这回我不叫男同学了！"

老师的这句话吓坏了很多女同学，大家都开始紧张起来并习惯性地低下头。这时，喜欢物理的我一下子举起手来，老师高兴地叫了我，我站起来镇定地说："我选用的是铅笔、玻璃杯和水。首先把水倒进玻璃杯，然后用铅笔敲打玻璃杯的外延部分。现象是水面出现微微的波纹，说明一切发声的物体都在颤动。”语音刚落，老师领头开始鼓掌，然后同学中响起了稀稀拉拉的掌声。老师说掌声不够热烈，于是我的发言在同学们的掌声中结束了。很多同学不服气，说我证明的是最简单的定理，不应该享受这掌声。我也感到奇怪，这确实是很简单的证明，所以连我自己都不明白老师为什么鼓掌。老师说：“回答得非常好！证明过程清晰、明了！用简单的工具和简练的操作来证明概念，这是最好不过的了，不仅不易出错，还简洁晓畅！”

可是成功和失败是一对形影不离的好朋友，所以我的每次发言未必都能得到老师的赞赏……

初三的一节数学课上，老师给我们出了一道二次函数的题，告诉我们一些数据，让我们画图。我像以往一样，积极地举手想到黑板上做题为大家做示范。我认真地画完图，然后自信地站在黑板前给同学们讲解。我讲完后，正等待着老师的表扬，老师却说：“范姜国一同学，你没发现你把图画反了吗？我给你们的 a 值是负数，图像应该开口向下才对，你怎么开口向上了呢？其他的都对，就是方向反了！”于是我不好意思地走下讲台。

在我发言的征程上，还有两次趣味事件。

一次是在老家，当时的我应该是读小学四年级。那天，我去老家的乡村小学找我大侄女玩，虽然她只比我小 7 个月，但是她的爷爷和我爸爸是亲兄弟，所以我可没占人家便宜，我是名副其实的小姑。那时她大概是小学二年级。农村的学校管理比较松，所以我稀里糊涂地跟着她混进了班级。上课铃响后，我还“理直气壮”地坐在她的旁边，赖着不走了。上课后，很快老师就发现了我这个“外来者”。

不过，老师相当“宽容”，不但容忍了我的存在，还把我当成他自己的学生向我提问。于是，身为一名四年级的学生，我不仅听了一节二年级的课，还用四年级的水平“发言”了好几次，弄得老师对我“刮目相看”。

另一次更离奇，我作为一个高中生，在一堂大学英语课上发了个言。那天休息，我去长春大学找姐姐玩（她是爸爸在写作方面收的徒弟，我们私交很好），姐姐当时不巧有一节英语课要上，但又不能扔下我独自去上课。于是，姐姐说不如干脆带着我一起去上英语课，刚好正值高三的我十分向往大学课堂，所以欣然同意。

本来以为大学课堂管理不严，不会发现我这个旁听的。可谁知，这个老师偏偏要点名，点来点去多出来一个人。“这怎么多个人呢？有哪位同学没在这个名单上吗？”老师感到很奇怪。我不知所措地赶紧把头埋得低低的，这时姐姐做贼心虚地慢慢举起手，解释道：“老师，对不起，这是我小妹，带来听节课。”没想到这个老师更“宽容”：“哦，好啊。来个外援啊，正好能凑个整数。”我听得莫名其妙，凑整干吗啊。原来这些学生加上我恰好能分成几个组，轮流回答问题，所以“宽容”的老师把我算作替补，编到了组里。

老师布置了课文翻译，然后给了几分钟准备时间，这可难住我了。如果是像上回那样，听比自己程度低的课，我还能驾驭，这是大学的英语课啊，况且我英语水平还很有限，这不是难为我吗？正纠结着，老师晃悠到我跟前，好奇地问我：“你是哪个学校的啊？”我弱弱地说：“养正高中。”“呀，你是高中生啊！”老师好像很惊讶。敢情这老师一直把我当大学生了，怪不得让我当外援呢！不过，当老师知道我还在上高三后，就不怎么“为难”我了，只有遇到简单的问题时，才会让我回答，而且点我的方式还很特别，直呼我的代称——“外援！你来回答这个问题。”

有了这两次“被发言”的经历，我对“发言”就更有“发言权”了。我认为，不管是发言还是被发言，不管成功还是失败，发言都是一件让我很喜欢的事情，因为不管对错，你总是能听到老师的点评。就算你的答案错了，起码你可以知道自己错在哪里，不然你将被胆怯蒙住双眼，永远不知道自己的不足。何况不试一试，你怎能就确认自己是错的呢？不要让害羞占领自信的土地，要对自己有信心，才能拥有举起手的勇气，心中要始终想着——我要发言！

我吃小饭桌

美味的饭菜，可口的午餐，这些不只是在家里才能享受到的，小饭桌同样可以做到，而且还有同学好友做伴，这是不是很惬意的一件事？

说是“小饭桌”，可它一点也不小，它是一种供学生吃饭的家庭“餐馆”，就开设在“餐馆”主人自己的家里面，我们只需要每个月向“餐馆”的主人提供固定的费用，就可以每天准时到主人的家里，吃到营养均衡的膳食。

在沈阳上初二时，学校没有食堂，所以没办法供饭，因此中午吃饭只有两个办法：第一，在学校旁边的综合市场吃；第二，选择学校对面的居民楼里专门针对我校学生办的小饭桌。爸爸考虑到在市场吃饭不卫生，吃的东西也不健康，所以决定给我找一个小饭桌。

那不是我第一次接触小饭桌，曾在上小学的时候我就吃过小饭桌的饭菜，所以对小饭桌还是很有感情的。在得到我的同意后，爸爸便出门“考察”去了。不久，拿回了一张名片，爸爸说环境很不错，小饭桌的阿姨态度也很好，就在那里吃了。

于是，开学第一天的中午，爸爸带我来到了这家小饭桌，地方离学校不远，只需要过一条马路，拐进一个胡同，然后在里面的一个单元上楼就行了。

走进门，见到一位面带微笑的中年女士，她自我介绍姓张，让我叫她张姨就行了。一番简单的介绍后，她带我走进屋子里面的一个房间，那里放有两张桌子，一大一小。

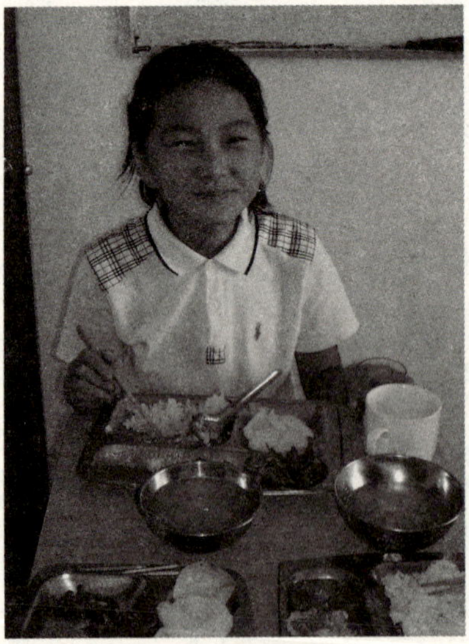

营养美味小饭桌

阿姨说这间屋子是专门给初中生准备的，因为在屋子外面吃饭的都是我们学校旁边中捷小学的学生，这些小孩子们年龄还小，非常调皮，怕影响我们吃饭，才给中学生专门腾出一个房间。这个房间算上我一共有5个人在这里吃饭，据说另外几个也是我们学校的学生。

看过房间后，爸爸与阿姨谈起了价钱，正常中学生一个月要120元，爸爸说我这个年龄也就是小学五六年级的学生，而本来长得小的我看起来吃得也不多，所以阿姨同意按小学生的标准收取我的费用：一个月110元。谈好价钱，我找了个座位坐了下来，等着阿姨给我盛饭，这时“传说中的”其他几个初中生来了，他们是141中学初一的学生，虽说我是她们的“学姐”，但是年龄还是比她们小，所以我叫她们姐姐。

每天中午一放学，我就准时到张阿姨家报到。张阿姨做饭很好吃，人也很谦和，对每个在她家里吃饭的学生都照顾得很妥当。我每天都会吃得饱饱的，然后心情愉快地回学校上课。

吃了一个月的小饭桌，一切顺利，就是张阿姨不干了，为啥呢？因为正在长个的我不仅比小学生能吃，甚至比那两位姐姐都能吃，我的大饭量令阿姨颇为吃惊。于是在爸爸和阿姨的商讨下，我的伙食费被提高到了120元一个月。回家后，我不好意思地对爸爸说："都怪我吃得太多了。"没想到爸爸非但没生气，还笑着对我说："你能吃是好事呀！这样才能长身体，长大个！"这让我心里有了底，爸爸还让我放开肚子使劲吃，再加多少钱都行！

在张阿姨家吃了一学期后，我离开了小饭桌。在那一段时间里，我体重长了4斤多，个头也蹿了5厘米！

小饭桌带给我的不仅是营养和美味，还有许许多多快乐的回忆……

第一个本命年

十二个生肖，十二年轮回。十二年，说长漫漫十多年，说短弹指一挥间。时光荏苒，十二岁时我度过了人生中第一个本命年，虽然下一个本命年仍遥不可及，但那第一个本命年至今还历历在目。

小时候，当我第一次知道了本命年的含义，就觉得它既神圣又稀有，毕竟要十二年才有一回，人这一生能有几个十二年啊。于是，我就期待着我的本命年快点到来。

就在这期待中，不知不觉地过了七八年。终于，在2008年子鼠春节前，我迎来了自己的第一个本命年。

那年过年前，家里除了要准备过年所需要的年货，还要准备我的新衣服，因为老家有个习俗：过本命年时要“一身红”，也就是说，要穿新的红衬衣、红衬裤、红袜子、红背心……甚至连头绳都是红的。起初我也不知道为什么要这身打扮，后来听爸爸说，这就是风俗，据说穿“一身红”才喜庆，就像大多数人会在本命年系红腰带一样，只不过我们红得更彻底一点，这也体现出本命年的重要性。

因为临近过年，所以商场里到处都挂着喜气的红灯笼，我很快就抱着一堆红得出奇的衣服回了家。到家后，爸爸让我穿上试试，当我穿上这身“行头”，走到镜子前时，看到火红的自己，第一反应就是我跟商场里挂着的大红灯笼没什么区别。也许灯笼比我宽一点，那说是熟透的小辣椒也不为过，总之真是“一身红”了，害羞的我连脸都是红的。我赶紧扒下这身“辣椒皮”，小心翼翼地叠好，等着过年穿。这身红衣服尽管看起来有点俗气，甚至有点土，但是真的很喜庆，裹着这样一层充满意义并略显隆重的红衣，我的本命年就这样隆重地准备开始了。

每年过年，我们一家子都会回奶奶家，2008 年也不例外。除夕晚上，奶奶告诉我本命年都需要做什么：首先就是穿红衣服，其次还得早上一起床就吃一个红皮的煮鸡蛋，然后需要放鞭炮……看来过一个本命年的任务还重呢！

听了奶奶的话，我早早就睡下了，但好像没有很快就睡着，不知道当时的我是在激动自己的本命年即将来临，还是在为第二天的红皮鸡蛋酝酿口水，反正是热血澎湃、辗转反侧地等待第二天红如我那“辣椒皮”的日出。

第二天，天刚蒙蒙亮，我就被奶奶家养的鸡给吵醒了，不过这也不能怪人家鸡，人家只是比较敬业地报晓而已，却把我硬生生地从美梦中给拽了出来。朦胧之际，猛然想起，这不就是我的本命年了吗？这是我翘首以待七八年的一天呀！感谢那只鸡，让我想起了我的红皮鸡蛋，于是我急忙从被窝里爬出来，穿上昨晚被我叠得整整齐齐的“辣椒皮”。这时奶奶从锅里拿出已经煮好的鸡蛋，让我趁热吃了。

我正吃着热气腾腾的鸡蛋，院子里传来了隆隆的鞭炮声。那鞭炮声像经久不息的掌声在祝贺我的成长。尽管声音震耳欲聋，但我不舍得捂上耳朵，因为那是庆祝我本命年的鞭炮，我想让它能完整地印在我的脑海里，不减弱一丝一毫的音量，不削弱一点一滴的喜悦。

本命年就这样在热闹的气氛中拉开帷幕，那一整天我都沉浸在本命年的欣喜中。

但是，随着时间的推移，对于本命年的新奇就像“辣椒皮”，慢慢褪色、变淡。渐渐地，我又开始期待下一个本命年，开始憧憬下一个本命年的一切，包括那个 24 岁的我……

三年级（2008 年 10 月—2009 年 3 月）：初三在家玩半年

我去看奶奶

2009 年的清明节，我独自回了趟老家，主要有两个任务：第一给祖上上坟；第二就是替爸爸看望奶奶，既是代爸爸行孝又是自己尽孝。

以前回老家，都是跟爸爸一块儿回，到了家我就跟小伙伴一起到处玩，很少在奶奶那里停留，更不用说是多陪奶奶一会儿，有时甚至一整天都看不到我的影子。但是，那一次回家，我没有像以前那样到处疯玩，而是乖乖地在家陪奶奶和亲人唠嗑，有时还陪奶奶看看小牌，因为这样奶奶很快乐，看着奶奶因为我绽放笑容，我心里也很舒服。

几年前，爷爷走了，剩下奶奶形单影只，瘦弱的背影中不仅有孤独，还有一丝凄凉。好在奶奶有一群关心她的亲戚和邻居，大家都怕奶奶感到寂寞，所以总是来串门，经常陪奶奶聊天。我独自回家的那一段时间里，每天都会有很多人到家里来坐坐，一会儿田大姑，一会儿李大娘，虽然我和这些亲戚不是太熟悉，但是听他们与奶奶交谈的内容，我还是能真切地感受到家乡的温暖和亲戚们的热情。

奶奶是一个非常慈祥的农村老太太，瘦小的身躯是奶奶独特的标志，虽然奶奶已经年过八十，已是耄耋之年，但是奶奶的身体好得很呢！再加上亲戚们的陪伴，奶奶的精神头和心情也不错，大家都说奶奶是朝着“90后”使劲呢！

奶奶有一颗年轻的心，有一股停不下来的劲。在家里，经常会看到一个老太太为家里的事忙前忙后，不过家里并不是没人打理，大家也都很心疼奶奶。每每看到奶奶干家务，大家都会劝说奶奶上炕去休息，但是奶奶总是推辞说：“忙了一辈子了，我不干点活心里不得劲儿，闲不下来咯！

你们就让我活动活动吧!”

奶奶从年轻时就开始抽烟，这一抽就抽了几十年，每当心情不好、身体不舒服或者干活很累时，奶奶就会坐在炕头，倚在墙上，拿出她珍爱的烟袋，抽起旱烟来。一袋烟抽完，奶奶的精神就会好很多。然而岁月如刀，奶奶的体力正慢慢枯竭，以前做起来不费力的活，现在也已经干不动了，这让奶奶抽烟的次数也越来越多。时间在奶奶的脸上刻下了一道道沧桑的皱纹，在奶奶的头上留下了一丝丝银色的发缕。看着奶奶已经不大整齐的步伐和渐渐弯下的腰，我的心酸了，奶奶辛苦了一辈子，含辛茹苦地将七个儿女养育成人后，好像操劳已经成为了她的习惯。

奶奶一生养育了七个儿子，唯独没有女儿，这使得奶奶特别喜欢女孩，我又是家里最小的孙女，所以奶奶很疼我。每次回家奶奶总是“偷偷摸摸”地塞给我一点钱，生怕我没钱花，这就是一直把我挂在心上的奶奶。

每次我和爸爸回家，不管待多久，离别时奶奶总是眼里噙着泪，挥手向我们告别，那是舍不得我们走啊！那次也是一样，我临走时，81 岁的奶奶一直将我送到了村口，怎么劝也不肯回去，一定要亲自目送我离去。奶奶红着眼睛对我说，我长大了，能自己回来看她了，她很高兴，让我一路小心，注意安全，有事给家里来电话。

上了车，我回头望了望奶奶和亲友，只见奶奶在风中佝偻着腰正向我挥着手，风吹着我的心，吹得很疼。

有了那次自己回老家的经历，此后，只要是放假时间长，我就会和爸爸申请一起回老家，一起看看年迈的奶奶。现在，奶奶已经84岁了，虽然偶尔有些小毛病，但是大体上身体依然很健康。而且，俗话说“老小孩，小小孩”，此时的奶奶就像一个可爱的小孩子，经常会有一些非常调皮的想法和举动，我更喜欢这样的奶奶。

希望奶奶能永远没有烦恼，像一个无忧无虑的小孩，开心地过每一天，健康地过每一年！

辛苦的多米诺

多米诺骨牌最早起源于西方，是一种用木质、骨类或塑料制成的长方形的骨牌游戏。玩时将许多只牌按一定间距立起排列成行或图案，碰倒第一只，其余的牌就会产生连锁反应，依次倒下，其乐无穷。

小时候，曾经在电视里看见过多米诺骨牌的“庐山真面目”，但当时觉得它们只不过是一个个小方块，所以起初有点不以为然。后来，看到当骨牌倒下时呈现的壮观景象时，不由得对设计摆放的人心生敬佩，所以自己也想有一副多米诺骨牌。

这个愿望一直没能实现，直到一个寒冷的冬日。

那天，我和姐姐在商场里漫无目的地到处“流窜”，不知怎的就走到了玩具专柜前。于是我俩童心大发，观赏起玩具来。这时，姐姐像发现新大陆一样尖叫着，我跑过去一看，真是个新大陆，我梦寐以求的多米诺骨牌竟然这么便宜！以前我跟爸爸申请过买多米诺骨牌的事，可当时多米诺骨牌要几百块钱一副，而且一副牌的数量还很少，所以我的愿望一直没有实现。可眼前这么一大盒多米诺只卖 100 块钱。万分激动的我和姐姐紧急召唤老爸，在我们的苦苦央求下，我终于如愿以偿地把多米诺骨牌抱回了家。

回到家后，我放下一天的疲惫，和姐姐赶紧把盒子拆开，想一睹骨牌的风采。盒子分为两个部分，其中一面装有一个塑料飞机模型和起飞用的助跑机，还有一个大炮模型，两枚子弹显然是大炮的同伙，与大炮放在一起的还有一个靶子。另一面就是一些骨牌了，大约有三百多个，与其相伴的是一些道具骨牌，也就是不用人自己摆，已经被固定在一个板子上的一连串的骨牌。我想亲眼看一下骨牌的神奇，于是我摆了一个小龙形，小试牛刀。我紧张地推倒第一个牌，只见剩下的牌在第一个牌的推动下，如鱼贯出地一一倒下了。真的很神奇，而且倒下的牌依旧保持着之前的队形，太完美了！

第二天，我又一次打开了神奇的盒子，目的是一次伟大的行动：我和姐姐商量好，要从家里的小卧室开始摆骨牌，一直排到家里的大卧室，直到骨牌用完。小卧室到大卧室大约有五六米的距离，要想完成这个壮举，就要靠我们的耐心与信心了。

下午，我们开始了行动，起点在大卧室，我一个一个地将骨牌排起来，可是问题接着就来了：骨牌之间的距离要是太大了，骨牌就连不起来，而要是距离小了，就会很浪费骨牌，所以这个距离只有自己掌握了。我和姐姐同时开工，双管齐下，她从小卧室开始摆，我从大卧室开始摆，然后到中间会合。

“啊！”忽然听到姐姐大声喊叫，我问怎么了，见她半晌不说话，我急忙放下手中的工程，跑到小卧室去看看现场状况，只见她正在地上保护案发现场。原来她正认真地摆着，却没注意自己的衣袖已经刮倒了一个骨牌，于是其余的骨牌以迅雷不及掩耳之势全部卧倒，半个小时的辛苦杰作就这么付诸东流了。

为了防止这样的惨剧再度发生，我们研究出了一个小窍门：每摆完一段，就空出很大一块距离，再继续摆，这样如果倒了一个，只是失败了一段，总比全军覆没了强，等最后工程全部完成时再把缺口补上。

两个多小时过去了，我和姐姐一直很接地气地趴在地上，认真地作业。终于工程的一半完成了，剩下的一半就是把所有为了防止“山体崩塌”而制造的缺口补上，这可是一个细致活，稍不小心，后果将不堪设想。

补缺口时，我越是害怕碰倒骨牌，手就越是不停地抖，心理素质受到了极大的挑战。

谨慎加谨慎，终于竣工了！我们邀请爸爸一起欣赏，他说这么宏伟的工程要照下来。可是不幸的事情发生了，爸爸在去取相机的路上，没有留意脚下的骨牌，于是骨牌以排山倒海之势快速倒下……

我沿着骨牌应走的渠道，扑到正在倒下的牌前面，把这“火苗”与未倒的骨牌隔离开。虽然我们三人极力抢救，但还是损失了大部分的兵力，只剩下几个依然坚守岗位的“士兵”站在原地。在这痛心疾首的残酷现实面前，我和姐姐决定判处爸爸给我们做两个小时的“苦工”以弥补损失。

又经过了一个半小时的艰苦奋战，我们终于完成了历史使命。我站起来欣赏我们的作品——从大卧室的起点开始，骨牌蜿蜒分布，延绵数米，中间的部分还很俏皮地画了个圈，经过走廊后踏上台阶，呈九曲回肠状迂回进入小卧室，最后终点处是一架在发射台上等待发射的飞机，整个路线如羊肠小道但又透着磅礴大气。所以，在姐姐动手要推倒骨牌之前，我犹豫了一下，就这样推倒是不是有点可惜？

没等我说话，第一个骨牌已经被碰倒……壮美无法言表。

直到最后一刻飞机成功地发射出去，两耳旁响起激动的尖叫声，我才明白，我们辛苦了这么长时间是为了什么，不看一看这美丽的瞬间岂不是更加可惜？尽管这美丽是瞬间即逝的，但过程是令人回味无穷的。

多米诺骨牌教会了我重要的不只是结果，还有过程。这个活动，让我铭记心中的是这辛劳的付出，而不仅仅是最后昙花一现的壮美景观的欣赏。

不过玩多米诺，也真够辛苦的！

跟老爸一起练跆拳道

跆拳道是一种从韩国流传过来的功夫，最开始了解它，是在电视里看到的跆拳道表演：一个人站在舞台中间，还有三个人每人拿着一块木板，摆到一个很高的位置，只见表演者腾空跳起，做了一个转体后，用脚将三块板子一一踢碎，然后稳稳地落在了地上，台下顿时响起了雷鸣般的掌声。当时看的时候，只觉得很震撼，并没有想过自己会去练跆拳道。直到初三下学期，才萌生了这种想法。

在我初三下半年在家自学的半年时间里，除了电脑班和主持人班，为了丰富我的课外生活，锻炼身体，我还向爸爸申请报了一个跆拳道班，学期为一个月。虽然上课地点离家很近，但是因为要转车很不方便，所以每天都是老爸接送我。

第一天上课，因为还有很多需要办的手续，所以爸爸带着我早早地来到了道馆。负责接待新学员的老师拿出我定的新道服，洁白的道服背面印绣着这家道馆的名字：武正玄。我穿上了新服装，带上代表初学者的白带，走到镜子前照了照，自我感觉还挺帅。

等待中，陆陆续续有学员到达，他们的年龄差距很大，大到我可以叫“大爷”，小到比我还小。我跟随其他学员走进教室，只见教室的地面铺着蓝色塑料块，需要脱鞋光脚进入。墙壁的一面是镜子，另一面挂着两面国旗，一面中国的，一面韩国的。一个二十岁出头，腰系黑带的男教练（后来了解到他姓付）教我跆拳道的基本礼仪：进屋后，要向国旗敬礼，敬礼的方式是将右手放在左胸上两秒钟；看到教练要鞠躬，鞠躬的幅度是45°，嘴里要说“跆坤”（韩语“跆拳道”的意思，中文发音“跆坤”），等到教练回礼才可以抬头。

上课了，教练让我们排成一队，绕着教室跑步，这是课前热身，我跟在最后面小跑着。大约跑了五分钟，教练说：“放松走一圈。”然后，教练让我们在教室的一角排好队，按照教练的要求做高提膝等动作，呈对角线从教室的一角做到对面的一角，做之前要大声喊“哈”以壮气势。我依旧在最后面，虽然动作很简单，但是我因为紧张和不好意思，喊出的声音很小，整个动作也没做好。

正式训练终于开始了，教练将我们分成两组，一组老生，一组新生，分开训练。我自然被分到了新生组，开始学习了跆拳道的“警卫式”站法，然后开始学习前踢。

为了锻炼弹踢的爆发力，教练让我们一脚抬起，屈膝站好，一手扶墙，单腿连续弹踢 30 次。刚开始我还可以应付，每一下都踢得很认真，可做到一半，我的腿就酸痛得

看我的功夫

没有力气再做下去了。教练说，如果现在练不好，以后踢腿就不标准了。为了达到标准，我歇了一会儿后，继续练功。这样一天下来，累得我是腰酸腿疼脚抽筋。

过了几天，在我的鼓励与支持下，老爸也报了名，决定跟我一起练跆拳道。

老爸的表现还是很不错的，但是和我比还是有差距的，为此教练不时地让我辅导老爸。老爸最愁的是压腿，我凭借小时候练舞蹈的功底，所以这个环节完成得很好，而老爸就没那么轻松了。

后来，在教练的悉心指导下，我们还学了上隔挡、内隔挡、下隔挡的拳法和横踢、前踢、下劈的腿法，我不仅一招一式尽力做，而且口令喊得也很响，老爸和我共同进步着。

时间很快，眼看一个月的学期将至，我竟有些没练够。这一个月里，我不仅学会了很多招式，还提升了身体素质，练出了一丝豪气。于是老爸决定为我续半年的学期，不过他不打算跟我一起练，而是让我自己练下去。

接下来的半年里，我不但通过级别考试晋升到白黄带，还认识了两个同样是学员的姐姐，我们每天一起训练，休息时一起聊天，乐在其中。其他的学员在相互熟悉后也关系融洽，成了很好的朋友。而适应了训练强度后，我再也没有感到腰酸腿疼，教练偶尔还会带我们玩一些训练反应速度的游戏。总之，整个训练氛围轻松愉悦，在快乐中学到了道术和拳法，还交到了朋友，不仅强身健体还愉悦身心。

半年后，我步入高中，开始了住校生活，所以跆拳道的训练课程就这样结束了。

虽然现在已经三年多没有接触跆拳道，也许脚法什么的都渐渐忘记了，但是，那段跟老爸一起练跆拳道的快乐时光，会永远留存在我的心中。

冰雪之乐

我记忆中的冬天都是寒冷的，但也都是快乐的。在东北这片热土上，哪怕是严寒深冬，哪怕下着鹅毛大雪，哪怕北风凛冽，快乐依然存在，这就是冰雪之乐。

虽说是冰雪之乐，但是每到冬天，爸爸都会带着我畅玩各种冰上项目：冰滑梯、打陀螺、溜冰……而雪呢，除了常见的堆雪人和打雪仗之外，一直是个空缺。直到2008年的那个冬天，才能称之为真正的冰雪之乐，因为我们的游乐项目增加了一项——滑雪。

2009年元旦那天上午，我们驱车来到位于长春市净月潭附近的新立湖滑雪场。

车停在茫茫白雪中，在一片皑皑中，伫立着一间小屋。走进门发现里边挤满了人，又听得一女子高喊："进来的人，到前台交款；拿着小票换雪板；找座位换鞋；记住雪板上的号码，滑完了用雪板号换鞋，快点，有人没地方了，换好的就出去吧！"接下来，我们就按照要求一一办好，并迅速穿好滑雪鞋，拖着雪板一步一步费力地向外走去。

雪板很细很长，对于一个初学者来说，一不小心就会左脚踩右脚，然后狠狠地摔上自己一跤。所以要控制好两个雪板的距离和角度，如果距离太大，那两只脚就会越滑越远，直至在雪地上劈个横叉；如果距离太近，两条腿就容易打架，不管哪条腿打赢，你都会摔得很惨；如果两个雪板角度呈外八字，那身体重心就容易偏后，最后“舒服地”躺在雪地上；内八字和外八字的区别就是，内八会让你的脸着地，趴在雪地里……

勇敢者游戏

需要注意的事项实在是太多了，最重要的是，不能只看着脚，只顾着调节内八还是外八，还得抬头看路啊。总之，毫无滑雪基础的我踏上雪板后真是手忙脚乱，我一看旁边的爸爸，状况也是一样，这长长的雪板和复杂的装备压在身上，笨重得连摔倒了都爬不起来。

在路旁的雪地上练习了一会儿后，我们便开始了冒险之旅——出发！

从起点开始就是一个下坡，坡前站着很多准备挑战的初学者，坡上躺着很多挑战失败的初学者。看着那么多站着出发、躺着到达的人，大家都不敢轻易地向前滑去。终于有一个人鼓足勇气，对后面的同伴说："我来给你们做一个成功的示范！"然后一咬牙一闭眼冲了下去，只听"啊！"的一声，他很成功地躺在雪地上像滑滑梯一样滑到了远处。这下更是吓坏了坡上的人们，大伙儿站在那里一动都不敢动。

我慢慢地蹭到坡边，大家一看又有一个准备失败的人，于是纷纷给我让路。我看着那些躺着的人，心里分析着，他们肯定是重心太靠后了，才会躺到地上。我深吸一口气，小心翼翼地向下滑，同时调整着身体微微向前倾，使身体重心向前移以保持平衡……

下坡时我滑得很快，直到我稳稳地站在雪地中，我才确认，我没有躺下。我站在坡下回头笑了笑，以示淡定。看到我顺利到达，人们开始蠢蠢欲动，纷纷滑动雪板，向前滑去。只听背后“啊！”“啊！”“啊！”尖叫连连，我一回头，坡上躺下一片，只剩几个还没来得及滑出来的人，又吓得退回去几步。

一阵凉风吹过，我心里却暖洋洋的，冒险之旅第一关——通过！

可是，困难还在后面呢。因为再向前是一个极长的缓上坡，虽然坡度不大，但是很费体力，而且滑雪需要在手脚并用的基础上使用腕力，因此，滑一段时间就会腰酸腿疼手抽筋，必须停下来休息。这也使得我们前进的速度很慢。

手腕又开始酸痛，这时我看到旁边的人正通过电缆车不费力地爬山，我跟爸爸说也想那样，爸爸却摇摇头道：“不靠自己的努力，得来的成功没意思！”于是我又想到了放弃，可是回头望望，看着我们走过的那条雪路，再一看雪山上的那一片阳光和被阳光照射的山顶，我在心里盘算着：如果现在放弃，那岂不前功尽弃？不仅不能迈上山顶享受阳光，以前的努力也白费了。正想象着从山顶冲下来的惬意，心里的浮躁也被吹散了。在爸爸的鼓励下我站起来，决定向山顶发起总攻！

经过多次努力和无数次摔倒后，我和爸爸步履蹒跚地滑到了雪山顶。我们坐在顶端，看着山下的人们，他们也正艰难地向上行进。而从山顶上冲下去的人，到达山脚的形态和姿势完全不同，大部分人都是在半路摔倒，然后躺着或趴着到达终点；有的干脆是“滚”下去的；还有人出发时还是双脚着地，下一秒就改后背着地了，甚至是脸直接着陆……只有极少数人能很帅气地站着滑下去。

看到这些各式各样的结局，我有点害怕了，爸爸对我说：“如果你怕摔倒，还费尽力气上来干什么？这个活动虽然会有一定的危险，但不至于伤到我们，我们都要有这个信心，你看那个孩子。”说着，爸爸指了指从我们身边下去的一个小男孩。

我鼓足勇气站到了山顶。从山顶向下望去，才知道我站的地方有多高，恐惧是有的，但是恐惧不能战胜我的勇气。看着皑皑白雪在阳光下泛着柔光，而山脚处的那片雪地似乎更加美丽。我鼓励着自己，朝那片雪地进发！

我又深吸了一口气，然后稍稍地向前倾了一下身子，我的雪板就在下坡的作用下向下飞驰……从山顶向下冲去，才知道这个山坡有多陡。冲下来的那一瞬间，我大脑一片空白，只知道控制好重心。刚开始速度之快风吹得我连眼睛都睁不开，可能我就是闭着眼睛滑过了最陡的路段。冷风从耳边呼啸而过，我只能听到呼啦啦的风声和自己不停加速的心跳。

等到我能把眼睛眯开一条小缝时，速度已经降下来一些，但还是快得让我无法控制方向，我只能一直努力保持身体平衡，至于方向，随它去吧。因为不会拐弯，所以如果前方有一个人正挡着我的路，我只好大声喊："快让开!"然后看着对方急忙躲开，为我让开一条路。整个过程实在太快了，根本就没给我时间想别的，只顾着别摔倒，大脑几乎处于空白的状态，更别说细品冲下来的刺激了。滑了很远后，速度渐渐地慢了下来，我才慢慢回过神来，原来我已经安全地到达山脚了呀!

站在山脚的那片雪地上，我享受着阳光的温暖和胜利的成就感。虽正值寒冬，但我的额头上却挂着晶莹的汗珠，这就是冰雪带给我的快乐。此后，这样的快乐每年都与我相伴。我喜欢冬天，期盼冬天，因为冬天的冰雪之乐能让我在寒冷中学会战胜恐惧，学会挑战困难，学会勇于超越，并让我有一颗永远充满激情的心。

高中篇

一年级（2009年8月—2010年7月）：玩进高中

二年级（2010年8月—2011年7月）：转折高二

三年级（2011年8月—2012年6月）：学在高三

高三暑假（2012年6月—2012年8月）：乐在「期」中

一年级（2009 年 8 月—2010 年 7 月）：玩进高中

高中生活这样开启

2009 年 8 月 9 日，不满 13 岁，身高已经 1.62 米的我，迈进了长春市养正高级中学的大门。与刚上小学和初中时比，虽然还是比同学小几岁，但是我的个头不再是“小布丁”了。

走进这所学校可是费了些周折的，我的老爸东子在他的新作——《做父亲的幸福》里有过这样的记述：

2012年8月27日，在女儿要去黑龙江大学报到的前一天，我带孩子来到长春市希望高级中学，看望该校校长孙永强先生，此行目的有二：一是报喜，让其分享依依的这份成长快乐；二是感恩，感念当年给孩子开方便之门的恩情。

2009年7月初，完成了半年的在家自修学习，孩子的成长计划基本全部实现后，我开始着手依依上高中的事，首先我和孩子通过网络查询长春高中的情况，我们先是排除了像东北师范大学附属中学和吉林省实验中学这样的重点学校，当然也不认可硬软件都较差的学校，这样有10所学校进入候选，这其中必须是有学生餐厅，能够住宿，而且离家又不是很远的，这样一来，又有一半学校被我们“无情”地排除掉。

7月6日，我携依依分别到最后胜出的5所学校，首先我们来到长春市第一中学，从校长到副校长所有校领导都不在，办公室和政教处的主任接待了我们父女。听了我们的介绍和想法后，他们很高兴，向我们介绍了学校的情况，并言称校长回来后一定及时告诉校长，尽快给我们回话。从楼上下来，我和孩子又在校内转了转，教室、食堂、宿舍和卫生间都察看了一遍后，我们又来到了长春市第二十九中学。

我们很幸运地见到了该校的校长，一位看似干练精明的中年女性，但这位校长闻听孩子没有参加中考，立即表现出不屑："这么小的一个孩子，连中考都没参加（她的意思是没敢参加或没能力参加），没有分数你读的什么高中。"虽然我仍然表现出足够的耐心，与其周旋，给她讲解，最终还是被拒之门外。我拉着依依的手心情沮丧地走出校门，但我不能让孩子看到我内心的不悦，强装欢颜地对她说："这个学校不行，咱还有好几个，走，咱去好好吃顿饭，下午我们到养正高中看看去。"

我和孩子饱餐了一顿后，驱车来到长春市养正高级中学。

先说说这所学校吧，很多人一听校名就认为这是一所私立学校，就连女儿一个同学的父亲在孩子高考期间，还问我："这个'养正'究竟是不是私立学校啊。"这似乎有点儿滑稽，一个孩子就读了三年的学校是什么性质的，当家长的竟然不知道，其他人可想而知。

在长春市养正高级中学网站和百度百科，有这样的介绍：

长春市养正高级中学由原市十二中和市四中组建而成，市十二中的前身是长春第一所官办学校——“养正书院”，至今已有128年的历史，有“长春第一校”的美誉。新校落成于2007年11月，投资1亿3千万元，占地面积8.05万平方米，建筑面积3.81万平方米，建有综合楼、教学楼、科技楼、学生公寓、服务中心、体育馆。学校现有48个教学班，2500余名学生……

盛夏炙热的阳光打在脸上，汗水顺着脸颊滑落滴入泥土，散发出独有的清香。站在陌生的校园里，到校报到的学生和陪同的家长挤满了整个甬道。一张张承载着入学新生姓名的红色榜单从校门口一直延续到综合楼后面的食堂，

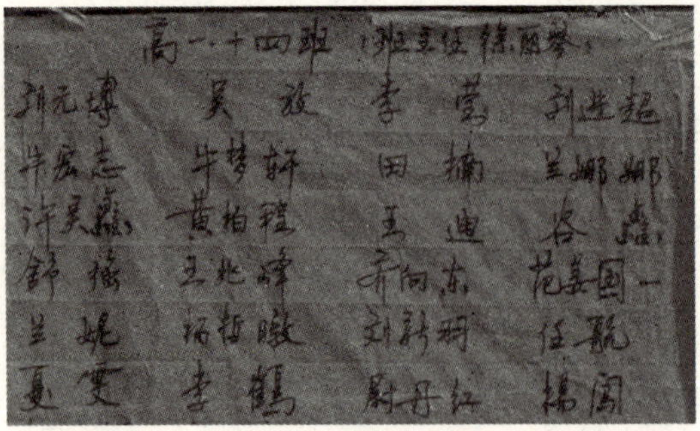

我的名字上了红榜

16 张榜单，16 个班级。我和爸爸夹在人群中，随着人潮缓慢地向前移动。一张张望去，过了很久都没有看到我的名字，为了离开燥热的人浪，我和爸爸决定从后面倒着寻找，这一决定果然正确，才看到第三张，显眼的四个字就映入眼帘。我在第 14 班，班主任是徐丽琴老师。

徐丽琴老师带领着全班 56 名同学走进高一年级第 14 班的教室，通过简单的座位编排，我认识了我的同桌，一个面目清秀的女孩，名叫晏砚。后来，我们成为了好朋友，而且几次排座位从来没有分开过，一直同桌到文理分班，被分到了不同的班级。

班主任徐老师简单地介绍了一下学校的基础设施和规章制度，并指出高中的学习生活需要注意的事项。之后，老师说办完入学手续后就可以回家准备开学了，并通知十天后正式开学上课。

19 日，我准时到校，正式成为一名高中生，开始了我的高中生活。

新同学，新老师，新开始，一切都是崭新的，我的心里充满了兴奋和期待。这一切就像新的指路牌，指向一个光明的方向。前行的路上一定会有引人入胜的风景，也注定还有无法预知的困难险阻。新奇的感觉和激动的心情在我的心海里涌动，击出一个个绚烂的浪花。

每节课前，我和刚熟识的同桌会猜，即将走进教室的是男老师还是女老师。课堂上，课本里的新知识和老师讲的都让我好奇，让我停不下手里的笔；食堂里，我和结伴吃饭的同学讨论饭菜是否可口；寝室里，刚认识的室友们争相介绍自己，几个因为第一次离家而失眠的女生在一起轻声聊天；校园里，我们是初出茅庐的高一新生，我们的新校服格外洁白，在阳光下白得刺眼。那年那个穿着宽大的校服、在校园里蹦蹦跳跳的我仿佛就在眼前，转眼间，我的校服已经变得黯淡，而且不再肥大，而我也已经不再需要穿上那套合身的校服。

回首高中世界，那里盛开着迷人的鲜花，展示着最美的图画，那里充满沁人的花香和缤纷的色彩。我进入这美丽的世界，在里面挥洒热情，描绘多彩的人生画卷！

六五三零一

这一串看似诡异的数字不是什么军事机密的暗号，更不是什么高深莫测的福尔摩斯密码，但它作为一串数字，储藏了我 7 天的深刻记忆。

2009 年 8 月 31 日，正式上课两个星期了，高中大门内的一切对于我来说还不是十分熟悉，住校新生活的新奇感依然存在，另一件事便接踵而至，它的代号是“六五三零一行动”。

那是不同寻常的一天，清晨，我们没有上课，没有穿校服，没有背书包，而是被带到操场上集合，统一身着神秘服装，拎着一个大袋子，里面鼓鼓囊囊地装着我们的秘密武器。集合完毕后，一辆辆大巴车呼啸而至，卷起一阵迷烟。我们被塞在大巴里，然后秘密运走。

大巴飞速行驶，为了使此次行动不受破坏，所以目的地连我们都不知道具体位置，只知道它的名字叫“六五三零一”。

到达目的地后，第一站是我们即将要留宿 7 天的寝室，大家将秘密武器从大袋子里拽出来，认认真真地铺到了床上。接着，我们马上在一块空地集合，准备接受组织的任务。我还作为代表，带着对本次神圣行动的崇高敬意，发表了一段讲话。接下来就是执行任务了。

说到这儿，您可能会想，这到底是个怎样的行动，这么具有神秘感。其实说白了就是军训。

一个军训为什么要如此大费周章地开篇呢?

这虽然不是我第一次参加军训，却是最特别的一次，哪怕与大学的军训相比，它也是最具特色的。首先，一般很少有高中组织军训，我的大学室友基本上都只在大学参加过一次军训。其次，即便高中有心组织军训，也极少数能让学生直接住在部队，这可能是我人生中唯一一次如此近距离地接触部队。最后，7 天的短暂军营生活让我收获的不只是坚忍、刻苦等生命元素，还有美好的人生回忆。而六五三零一，就是我们驻扎了 7 天的部队。

在我代表全体受训学生发表演讲之后，那天下午的主要训练内容就是——叠被。这是每个同学都很头疼的事，如果是简单的叠被还难不倒大家，可精益求精的教官对“豆腐块”的执着，让我们很是纠结。军训第一天，就在与

“豆腐块”的斗争中度过。

费尽力气爬过了叠被这一道鸿沟，发现后面的艰难险阻才是真正的千沟万壑。接下来的日子，与其说是痛苦，不如说是煎熬。

第一关，狂晒。军姿是军人的姿态，要当一名合格的军人，必须有挺拔的形象，年轻的教官如是说。话音刚落，每个同学脸上都拂上一道阴云，一种不祥的预感由心而生。果不其然，“严格监督，使劲折磨”的教官就像狠毒的皇后，哪有阳光就让我们往哪站，可谓太阳走，我也走。初秋的阳光依然炙热，站在阳光下，不透气的迷彩服困住了所有的热量，密不透风的感觉像是在做桑拿汗蒸，汗水蒸发出的热气都可以把自己蒸熟。而且迎面直对着这烤肤的阳光，不光是热的问题，还会留下难以抹去的痕迹——脖子上黑白交际的鸡心领晒痕。

第二关，起床。每天早上 4 点半吹起床号，5 点半开始早训，训练一个小时之后才可以吃早饭。所以早训时，我们又困又饿。这就导致有些彪悍的同学在早训站军姿时，站着都能睡着，而且睡得很香。

第三关，一日三餐。因为部队的食堂容纳不下我们学校的全体学生，所以吃饭要排队，1连、2连吃完后，3连、4连才能闻到饭香。作为4连（我们一共有16个班，被分为4个连队，4个班一个连，我所在的14班自然就是在4连）的学生，我们深感每天吃饭前的等待很漫长。俗话说好饭不怕晚，但我们的伙食实在称不上好，仅仅吃了两天后我们就基本可以总结出部队都有什么蔬菜了，无非白菜、茄子加土豆，因为不是白菜炖土豆，就是茄子炖土豆，跳不出这几种蔬菜的各式搭配。另外，吃饭虽然轻松，但规矩可不少，在教官下令前，我们不能动一下筷子，吃的时候不能说话、不能乱动、不能剩饭。这一日三餐也不是件享受的事。

第四关，住宿。由于部队没有女兵，也就没有女生宿舍，所以我们住的是士兵平时的大俱乐部，睡的是3个人的大板床。不过幸运的是，因为床板年久失修，只要稍有晃动，就会像下雨一样掉木屑，而本应我住的那张床更是夸张，我刚爬上去，就听床板咔嚓一声，裂了一个大缝，吓得下铺的女生不敢坐在床边。一个大俱乐部里，有好几张这样的“危床”，老师和教官无奈地看着马上就要坍塌的床板，只好把我们几个“不幸”中的幸运儿带到了一个

“雅间”，独享一个环境比较好的 8 人寝室。虽然住宿条件好了许多，但是因为房间偏僻，常年无人居住，所以潮湿闷热，再加上白天训练时出了一身的汗，又不能洗澡，所以每天都臭气烘烘、满身大汗地爬进被窝，睡眠质量可想而知。

最后一关，也是最难以忍受的一关，训练。除了上文所述的站军姿，还有行列训练。齐步走、正步走、向左转、向右转……虽然简单，但是要做到标准、整齐，也不是件容易的事。最开始练习正步走时，为了让我们的踢腿高度一致、准确，教官让我们把腿踢到距离地面十五公分的高度，然后像木头人一样坚持五分钟，一个人动一下加一分钟。一两分钟对于我们来说，已经是极限了，面对 5 分钟的巨大考验，我们只能做好腿抽筋的心理准备。练完了踢腿高度，就可以实战了。十几米的路，我们一天要踢正步走上几十遍甚至上百遍，一天下来回寝室时腿都是僵直的。几天高强度的训练使很多同学体力不支、相继中暑，同壕战友的倒下让我们对军训充满怨气，再回顾前面的一道道关卡，军训更是使我们满腔哀怨。

但是，不久我们便发现，其实我们没有资格抱怨，教官比我们更辛苦。

首先，我们住的地方虽然简陋，但也是教官们提前一个星期收拾出来的，几百张床一张一张搬到房间里，而且男生住在士兵寝室里，所以教官们只能带着自己的被褥，到部队的车库里打地铺，在部队的训练场支帐篷。

其次，我们的餐食虽然不够丰盛，但为了照顾好我们，部队把储藏的所有蔬菜都拿出来给我们食用，而且安排我们吃完饭，教官们才可以进入食堂，吃的也都是我们剩下的，再回锅热一遍。

最后，训练。我们抱怨早训太早，可是在我们起床前的一个小时，教官们已经集合完毕，准备新一天的训练。我们抱怨训练太累，可是当我们踢正步落脚声不齐、行进速度不一致时，教官急得起了一嘴的泡；当我们口号喊得不响、精神不振、消极对待训练时，教官一个人喊出了比我们几十人声音还大的口号，几声口号喊完后，教官的嗓子就已经说不出话来；当我们看完别的连队的训练而自愧不如时，教官用沙哑的声音给我们加油鼓劲。

军训当然不如平时的生活安逸，军营肯定不如家里舒适，但军训有平时生活没有的酸甜苦辣，五味杂陈，军营有家里没有的团结友爱，坚强如钢。

军训的最后一天，我们进行了盛大的阅兵仪式，每个人都尽力做到最好，将训练水平发挥到极致。站在训练场上，面对“折磨”我们 7 天的教官，我们觉得自己的努力无愧于他的付出。那时，我们曾经讨厌的阳光也变得似乎不是那么刺眼了。

仪式结束后，我们乘坐大巴离开了六五三零一部队，离开了相处 7 天的教官，离开了高中的军训生活。当初，我们带着对军训的好奇和恐惧而来，最后，满载着收获与喜悦而归。

至此，“六五三零一行动”圆满结束！

成了文科生

风花雪月、吟诗作对，在文科生眼中，这是富有韵律、充满知性的书生情怀，而在理科生眼中，这是没事闲的，吃饱了撑的，毫无实际意义的咬文嚼字。

置身题海，疾笔演算，在理科生眼中，这是挥洒热血，彰显理性的智者情操，而在文科生眼中，这是木讷无趣，呆板枯燥，毫无浪漫情调的头脑风暴。

我是文科生

不知从何时起，学生队伍中分化出两个截然不同的群体，他们的学术气质完全不同，研究领域相差甚远，文科生一脸的文艺范儿，理科生满腹的科学经。

我就是文科生大军中的一员，而正式入编这支以笔为枪的队伍，是在高一上学期期末。

高一上学期期末考试结束后，学校根据学生报的文理分科志愿和每个人的期末考试成绩，划分文理科，编分新班级。

当时我们这一届有 1000 多名学生，大约有 600 多人选报的是理科，剩余 400 多学生选择了文科。仅就我的班级来说，超过五分之三的人都跟着班主任老师（生物老师）进了理科班。因为选报人数的差异，所以最后我们年级 16 个班中，有 9 个理科班，7 个文科班。

也许很多学生选择文科是因为理科太难了，学不明白，跟不上教学进度。说实话，从初中以来，我的理科成绩一直不差。初三时，我的物理和化学都拿过年级第一，数学成绩也是名列前茅。可以说，以我的逻辑思维和理科基础，选报理科也不为过，而且可能还会学习进步，取得更好的成绩。不过，我偏偏选择了一直没有“崭露头角”的文科。

这里的“崭露头角”并不包括我的书和发表作品，只是单纯地指文科方面的考试成绩，因为我从小对于要求背诵的东西不是很有积极性，所以文科的成绩不是很出众。

但是，文科的学习不仅仅局限于知识的背诵，而是对人文科学方面综合知识的掌握和运用，对于历史、政治、地理的学习，我还是抱有很浓厚的兴趣的。最重要的一点就是老爸的影响，从小受老爸耳濡目染，对文科方面的知识比较渴求，希望多了解一些政史知识，充实空虚的大脑。所以，综合来说，我没有一丝犹豫地选择了文科，成功入股“文科生有限公司”。

2010年年味未淡，那是个伤感的冬天，寒冷中弥漫着离别的愁绪，组合了半年的班级即将被文理分科打乱，相处了一个学期的同学们即将奔向不同的道路，这无疑是令人感伤的。巧合的是，分完班之后，我还在原来的高一年级第14班，只是周围熟悉的同学都不见了踪影，所以，虽然每天上学时还是走进同一个教室，但是却看到一张张陌生的面孔。

成了文科生之后，我们大体上告别了物理、化学等理科课程，一个星期只有一课时，而且老师也很少占据一整堂课来详细地讲理科知识，而是留给我们一部分时间自习，让我们多背政治、历史、地理。而政、史、地的课时翻倍增长，基本每天都有，作业倒是不多，但需要大量时间来复习、预习、翻书、浏览知识点。

相比理科生成山的试题，我们的学习方式显然不同。在理科生守着高考真题算满了一页又一页的草稿纸时，我们正捧着政治书纠结主要矛盾与次要矛盾和矛盾的主要方面与次要方面的区别，拿着历史书分辨鸦片战争、第二次鸦片战争、甲午中日战争、八国联军侵华战争的历史影响以及《南京条约》、《北京条约》、《天津条约》、《瑷珲条约》、《马关条约》、《辛丑条约》的签订内容，抱着地理书分析北美洲与南美洲的天气特征或南太平洋与北印度洋的洋流分布。

作为一名资深文科生，我深感文科生是情感丰富的群体，我们虽然可能算不清银行利率，弄不懂函数方程，但我们通晓古今，能文善谈，上能挥毫泼墨，下能畅谈中外。

呵呵，身为文科生，我很骄傲！

考进实验班

冬末初春的寒冷还未彻底消逝，不过凉意正一丝一丝被温热吞噬，每日的正午太阳高度角都越来越大。随着阳光日渐炙热，我带着一腔热血从高一年级第 14 班搬到了隔壁的高一年级第 13 班，完成了一个平行班（普通班）学生向实验班（重点班）学生的逆袭。

这是为了呼应前一篇《成了文科生》，所以写下了如此文艺的开头。

那我是如何逆袭成功的呢？

我们学校有一个规定，自高一下学期文理分班后，每一次考试都会根据学生成绩在全年级排名进行小调动，直到高三。这样，经过一年多的层层筛选，剩下在实验班的学生就是全校的精品。所以，从高一下学期到高三，有不少学生在实验班几度进进出出，或从实验班跌入平行班，或从平行班脱颖而出进入实验班。

在文艺范儿的背景下，我成了文科生两个月后，通过一次小小的月考，成功“登陆”实验班。

虽然那次考试我英语发挥超常地失常，20个完形填空，我错了18个，但还是以总分班级第一，平行班水平历史年级第一的好成绩，位列文科年级总成绩第64名。学校共设置了4个实验班，文理各2个，每个实验班大约35人，所以2个文科实验班的最后一名应该是截止到年级前70几名。所以，以我的成绩，进实验班是没问题的。

成绩出来后，我回到家跟老爸分享胜利的果实，但是老爸在表示祝贺的同时，也提出了一些想法。首先，他考虑到我进了实验班之后，可能会因为周围的学习压力增大、学习氛围紧张，而影响我轻松的学习心态。另外，学校为实验班安排了额外的晚自习，每天晚上9点半放学，比平行班整整晚了两个小时，老爸担心我的睡眠时间会由此而减少。最重要的一点是，以我当时的成绩，是实验班里的"差生"，所以我要充分考虑好是在平行班当"鸡头"，还是到实验班当"凤尾"。总之，老爸是不赞成我选择实验班的，但他最终还是尊重了我的选择。

我认真地考虑过老爸的建议后，还是决定进入实验班。因为实验班虽然学习压力较大，但不至于到我不能承受的地步，我相信我的适应能力可以应付得了，而且一时的"凤尾"不代表不会成为"龙头"。

于是，抱着十足的信心，我以微弱的名次差额，成为了高一年级第13班的倒数第8名。

刚进实验班的时候，作为倒数第8，我的压力很大，总是怕下一次考试就滑回平行班。但压力越大，动力就越大。为了保住倒数第8的位置，很快我就适应了实验班的学习方式，并迅速激发出我的潜能，加上班级内良好的学习氛围，我的成绩突飞猛进，远远地摆脱了倒数第8，进步之快让老师震惊，让同学咋舌，让老爸放心。

可以说，考进实验班是我高中生活重要的一笔，没有这一环节，就没有高二、高三时的种种辉煌，就没有高考的全面大捷，就没有现在就读于黑龙江大学新闻传播学院的我。如果当初我采纳了老爸的建议，选择留在平行班，可能又是另一条完全不同的路。

人生就是这样，当两条指向不同的路摆在眼前时，你能做的只有选择其中一条，然后一直走下去，努力做到不后悔。

我只能说，在我大步行进的这条路上，风景独好，何谈后悔。

学姐学妹一路行

璀璨的星空下，昏暗的路灯点缀在寂寥安静的马路上，照出六个女孩蹦蹦跳跳结伴回家的身影。清晨的薄雾里，明亮的晨光照射在车水马龙的路口，会看到六个姐妹相继到达集合上车的场景。

这六个女孩是好朋友，她们来自不同的班级，不同的年级，因为彼此家离得近，同坐一辆班车，所以结识而后成为好友，并一起走过了回家和上学的路，共同拥有那一段难忘的回忆。

那时正是高一下学期，本来是住校生的我由于感觉在学校休息不好，变成了通勤生，每天乘坐学校的班车回家。第一次坐班车回家时，爸爸到站点接我，我们一路聊着，忽然我注意到走在我们前面的几个女生穿着熟悉的校服。

于是我走上前去，轻声问道："请问你们是养正高中的学生吗？"

几个女生纷纷回头，看我也穿着同样的校服，离我比较近的女生说："是呀，你也是吧？"

我得到了回应，马上开始自我介绍："你们好，我叫范姜国一，是高一的。你们呢？"

刚才回答我的那个女生并没有回答我的第二个问题，而是冲着她的伙伴大呼："听见了吗？她也姓范！"

我很不解地看着她，她回过头来，笑着对我说："太巧了，我也姓范，我叫范鑫博，我们都是高二的。"

"范"是小姓，能遇到同姓的人真是很幸运，一番简单的介绍后，我认识了这四个开朗活泼的学姐——范鑫博、杜宇佳、王思宇、左琪。我们一起走了一段路，期间她们嘱咐我早上几点等班车，班车站点在哪里，如果错过班车该怎么办，还告诉我，她们还有一个伙伴，叫孙静，跟我一样是高一的，但是她在实验班，作业多的时候会在学校自习，所以那天没有见到她。

分别时范鑫博对我说："咱们家住得这么近，以后放学就跟我们一起走吧，别让叔叔来接了。"我看看爸爸，然后开心地点了点头。我们互道再见，并相约第二天早上班车站点见。

后来，我考进了实验班，碰巧和孙静成了同班同学。虽然有时跟孙静一起在学校自习，不能跟学姐们一路回家，但是每天早上，我们都能共同开启新的一天，每个周六，我们都能一起收获过去的一周。

后来的后来，进入高二，学姐们升入高三，我们高二实验班与高三一起放学，所以每天我们都能在班车上见面，有座位时，我们坐在一起嘻嘻哈哈；班车满员时，我们站在一起还是有说有笑。回家的路不会因为夜晚而变得漆黑，反而由于彼此点亮了星空；上学的心不会因为清晨而变得困倦，反而由于大家而充满了乐趣。

我们一起走过了无数个日日夜夜，一起牵手过了无数次马路，一起在分别的地方说过无数遍“拜拜”。这些是我们美好的回忆，是我们别样的姐妹情。

高三的日子里，已是大一的学姐们总是会在重要的日子发来问候的短信，复习时，她们告诉我要全力冲刺；补课时，她们嘱咐我注意休息；高考前，她们给我加油鼓劲。虽然已经很久没有见面，但我们之间从没有断了联络，感情更是不会消失。

我感谢生活，让我遇到了这一群特殊的朋友。希望她们一切安好；希望她们还像以前一样“幼稚”；希望她们不要忘记，那些年，我们一起回家的日子。

二年级（2010 年 8 月—2011 年 7 月）：转折高二

我的同桌兼下铺

同桌，在人生中是一个重要的角色，比同学关系要牢固，比朋友情谊要深厚，她几乎时时刻刻坐在你旁边，和你一起学习，一起成长。

下铺，在人生中是一个特殊的位置，比室友情感要浓重，比姐妹友情要亲近，她几乎与你一同度过每个夜晚，又与你一起迎接次日新生的太阳。

为了证明我的自理能力，高中时我成为住校生中的一员。巧合的是，我的同桌和下铺是同一个人，她叫汪苗，是个勤勉温柔的女孩，身材瘦弱，说起话来细细的，柔柔的。我们的交集开始于一次民主排座。

高二的一次考试结束后，老师认为选择合适的同桌可以促进学习，于是在征求了我们的意见后，老师决定要重新排座位，改变我们单桌的现状。这次排座与以往不同的是，老师采用了民主的方式，也就是我们可以自己选择同桌，但前提是有助于学习和共同进步，如果两个人坐到一起却没有互相起到好的作用，就会被老师拆开。

我和汪苗

消息发布后，班里掀起了一股找同桌的热潮。当时汪苗坐在我的后面，而且在寝室里我们只是室友（我们是在一次换寝室时成为上下铺的）。10点钟下了晚自习回到寝室后，室友们都早早地睡觉了，而汪苗总是点着一个小台灯，在昏暗的灯光下抱着课本，一遍一遍地背诵知识点，经常要熬到深夜，在我们都已经熟睡时才收起课本，熄灯休息。即使这样刻苦学习，她的成绩却没有和她的努力成正比，一直很稳定地处于中游，不下降也不上升。平时我和比较内向的她也很少说话，所以那时印象中认为她只是个“死读书”的学生。

有一天下课，汪苗敲了敲我的椅子，轻声问我，有没有人找我做同桌。我说我还没找到满意的。她笑了一下，接着问我，能不能和她当同桌。我愣了一下，因为我一直以为她会找一个跟她一样刻苦的同学，一起奋发向上，而不是“懒散”的我，所以我疑惑地问，为什么会找我啊？她好像看出了我的疑虑，就解释说，她觉得我很聪明，头脑灵活，能在一些方面帮助她。我边点头边想，她说的确实有道理，我平时学习比较灵活，而她有时有些教条，学到的知识不会转化，而且我几乎从来没有像她那样刻苦，跟她做同桌也会带动我向她学习，这的确是很好的互补，正好也符合老师的要求。

三言两语之中，我俩就达成了共识，并对未来的同桌很期待。但是她委婉地跟我说，她坐在我后面时，发现我上课喜欢摆弄东西。我不好意思地说，我习惯了，从小就那样听课，不过我并没有走神，老师讲的我也都能吸收。她说，她很容易受别人影响，会跟着我走神，希望我跟她同桌后，能改掉这个坏毛病。我本着不“耽误”别人的准则，很坚决地答应了。

就这样，过了几天，我们就正式成为同桌了。接下来长时间的接触让我对汪苗有了更深的了解，她比我想象的还要刻苦，但是她并不是一个“书呆子”，她身上有很多优秀的品质，让我觉得有她这样的朋友很值得。

刚开始的几天里，我感到做汪苗的同桌很压抑，压力很大。不仅上课时要一动不动地坐着，连下课都不能大声说话，因为她在课间也会充分利用时间努力学习，更不用说跟我随意地聊聊天了。她的气场随时压制着我，这让从小学习环境宽松、没有任何学习压力的我很郁闷。几天下来，我感觉我都被汪苗的少言寡语影响得内向起来。我不得不说，我是一个不守信的人，虽然之前答应汪苗，不会上课时玩这玩那，但是坚持了几天后，我就实在忍不住了，开始无可奈何地“违约”。

几天后的一个课间，汪苗发现了我的变化，于是她“破例”抽出时间跟我说了一些让我改变很大的话。她说，她知道自己很笨，记忆力不强，每天比我花在学习上的时间多很多，成绩却一直不能让人满意，甚至有时还没有我高，所以她很气愤为什么我这么聪明，却不能努力地学习，不能好好利用我超人的记忆力。我被汪苗问住了，她夜以继日地发奋，上课一丝不苟，老师讲的每一句话都认真记下来，可是一堂课下来，还没有漫不经心听课的我学到的多，足以证明她和我的差距，但是她从来没有放弃过，一直这样坚持着。我在学习天赋上确实比她要好些，但是我浪费了我的优势，从小到大从来没有像汪苗那样狠狠地推自己一把。

那次谈话后，我开始发力，每天跟汪苗一起比赛做题，一起认真听课，有时会为了抢着找老师问问题而争吵，会为了一道题的答案争论不休，会为了一起研究出一道数学题开心相拥。那段时间我们的成绩一起上升，后来的几次分座位都没有把我们分开，连老师都认可我们这对黄金拍档。

虽然期间我偶尔还会犯老毛病，出现消极的态度，不愿意再坚持下去，汪苗都包容我的懈怠，原谅我拖她的后腿，一直给我加油打气，然后带着我一起拼搏。

除了学习，我发现汪苗是一个很孝顺、很懂事的女孩。我们的学校在长春北郊，而她家住在长春南郊，她每个周末回家时，要坐两个多小时的公交车。后来在高三时，她舍不得路费和来回浪费在路上的时间，隔一周才回一次家，周末就留校学习。我曾经问她，为什么选择离家这么远的学校。她说，因为养正有奖学金。虽然这听起来是很“拜金”的说法，但是汪苗是为了减轻家里的负担，她家不是很富裕，父母都是很质朴的工人。她说，她不想让她的父母太劳累，这样每个月的奖学金基本就可以满足她的生活费，不需要父母打太多的工。听到她的回答，当时我心里很复杂，我从小没怎么经历过拮据的生活，她的节俭、懂事让我很钦佩，同时我也感到她的父母很幸福，有这样一个为家着想、体谅父母的好女儿。

高三二模考试时，我发挥失常，成绩下落很厉害。我决心要“雪耻”，而且那时高考在即，我也意识到要对自己的选择负责（即将升入高三的时候，爸爸问过我要不要参加高考，我说高考是一种人生体验，一定要参与。爸爸说，既然决定要高考，就不能随便混过去，要拿出高三学生的样子，就当是“折磨”自己一把，也要拼一次)，所以，我以汪苗为榜样开始了考前冲刺。虽然学校离家很近，但是我还是像汪苗一样隔一周回一次家，周末和汪苗一起留校自习。

周六的深夜，安静的寝室里只有我和汪苗两个人，我们在黑暗的环境下聊天，谈人生、谈梦想，经常会聊到很晚，却还兴奋得睡不着。我在上铺静静地听她说话，她在下铺讲述她的心路历程。从她的话里，我了解到她的自卑，她的努力中藏着怎样的辛酸。她知道自己的能力和学习方法可能有问题，但是她无力改变，并认为只有一刻不停地学习才能弥补不足。她一直很自卑，觉得实现梦想对她来说太遥远，她只想通过努力来证明自己，可是对自己却没有足够的自信，总认为不可能实现她的理想。她似乎从没有对别人提起过她的理想，汪苗的理想是当一名老师，一名普普通通、踏踏实实的老师。我一直鼓励她，用从小爸爸教育我的思想——有能力、有自信就能成功——来激励她，希望她能够自信起来。

我们一起度过了很多个充实的周末，白天我们一起学习，晚上坐在床上聊天，周末安静的校园里有我们的汗水和热情。这时我才发现，之前对汪苗的认识是多么浅薄。

高三紧张的学习让我们走得更近，可惜的是在最后的日子里，我们不是以同桌的名义毕业，有一次排座位时她又坐到了我后面，但是时至今日，我们依然以同桌相称。

毕业典礼那天，我们哭得很痛快，眼泪成串但脸上依然绽放笑容，因为我们共同拥有很多美好的回忆，高考时我们还特别巧地被分在同一个考场，并肩作战。

现在我们分别走入各自理想的大学，学习自己喜欢的专业，追逐着各自的梦想。

同桌，我想对你说：非常感谢你一直以来对我的帮助，感谢你曾经陪我一起走过那段开满花的路。我不会忘记你勉励我的眼神，不会忘记你督促我努力学习的话语，不会忘记我们共同奋斗的时光。还有，你也知道我一直都希望你能变得自信，我相信你会成为一个很优秀的老师。即便不是老师这一职业，你也是最棒的，不要怀疑自己。虽然你的成绩不是最好的，但是全班都知道你是最努力的，没有一个人能超过你的毅力，不是吗？还有，注意身体，不要总熬夜。最重要的是，如果你看到这篇我流着泪写的文章，别忘记笑一笑，别忘记我这个一直让你“费心”的同桌。加油！

能认识你，真好！

我的“童话”

每一个梦幻的童年都有童话的陪伴，每一个天真的孩子都用童话来铺满心田。童话世界里没有污点，没有欺骗，纯真的小动物都能每天开心，漂亮的公主永远都会和英俊的王子幸福生活。童话带给孩子们梦想，让他们的心充满阳光。

我虽然已经不是读童话的年纪，但是我愿意用我的童话，来为可爱的孩子们铸造美丽的童年，构建梦一般的想象。

从萌生写童话的想法开始，我阅读了大量的名家童话，郑渊洁、晓玲叮当、沈石溪、杨红樱、商晓娜、张秋生……我把他们的作品一一买回家拜读学习。长时间的童话观摩，让我童心大发，童话世界的单纯深深吸引着我，连我都变得“幼稚”了。久而久之，我看什么东西都觉得好像会说话，连一根雪糕我都会端详好久，才“狠心”吃掉它，总感觉那根雪糕会在我的嘴里喊疼。童话看多后，我发现这些名家的风格各异，而我不能一味地模仿那些独特的文风，我需要有自己的思想，自己的特点。一切都考虑成熟，但一直苦于没有时间下笔。

考入实验班之后，除了正常的自习课，学校还给实验班安排了晚自习。高二的学习生活中，老师基本上不留太多作业，练习题一般在课上就能做完，大部分课余时间都留给学生自己温习功课，所以每天晚上从八点到九点半的晚自习通常是一大块空白的时间，这让我有了“可乘之机”。

一个空白的笔记本，一支带有卡通图案的笔，这就是我的童话的生产工厂，而写作素材就是一个个天马行空的想象，也许是一块饼干带来的遐想，也许是一个关于魔法世界的梦游，也许是一个标点符号引发的思绪。有时灵感突然来袭，我会把它记在一个小本上，等到晚自习时再付诸于笔纸。不过，灵感就像是稍纵即逝的流星，稍不注意就会匆匆闪过，我经常不能及时抓住它，但是在灵感消失的那一瞬间，可能另一个灵感又从脑际中发出了光芒。总之，我动用了我所有的想象力，将一个个现实的物体变成我笔下的童话人物。

寂静的夜晚，璀璨的星辰在都市高楼的遮挡下，依然幽幽发光。我的同学们都在翻阅枯燥的课本，偶尔还会有偷懒的同学在“小憩”，我却沉浸在自己亲手创造的童话世界里，慢慢欣赏那里的一草一木，与小动物们聊天，与雪糕冰棍畅谈，与标点符号玩耍。有时写到生动的地方，我仿佛在我的笔记本上看到了我所塑造的童话形象正在跟我对话；写到“爱耍脾气的小羊羔”时，空白的纸张上好像浮现出小羊羔茸茸与小鸭子们斗气的场景；写到“天使琳娜”时，笔记本上似乎看到了琳娜美丽的笑脸……

我手里的笔不停地在本上留下痕迹，舞动的笔一点一点描绘出一个个憨态可掬的童话形象，勾勒出一幅幅美轮美奂的童话场景。偶尔发酸的手指会迫使我抬起头，舒缓一下疲惫的眼睛，刚好瞥到夜幕中的繁星，美丽的夜空和安逸的童话一起放松着我的神经，一丝唯美掠上心头。

无数个安静的晚自习，我伏在桌前，一瓦一木地添构我的童话小屋，有时一个半小时的晚自习可以写出一篇完整的短篇童话。如果字数比较多，一个晚自习不能完成，我会在笔记本上简单地写出下文的梗概，等到日后电脑录入时再进行整理。就这样，不知过了多久，我写满了整个笔记本，一页一页满满的都是我的笔迹，那是我精心打造的童话梦想，看着密密麻麻的字，成就感和幸福感油然而生，童话带给我的甜蜜涂满了整个心房。

在我的头脑里，童话可不是简单、幼稚的故事，它是幼儿的启蒙教育，小孩子们可以通过童话知道善恶美丑，了解诚实与虚假、勤奋与懒惰、自信与自卑的区别，这就是童话最重要的作用。我虽然不能吹嘘我的童话有多优秀，也不知道我的童话能否承载孩子们的梦想，但是我一直力求能够在天真可爱的孩子们心中，树立一个善良、勤勉的童话形象，在纯美的童话世界里给孩子们一个正确的方向，让他们有一颗无忧无邪的心灵，放飞他们充满梦幻的童年。

与老爸的思想交锋

从我有记忆起，老爸就教育我不要死读书，不唯上不唯书，不能一味地听信权威，要有质疑精神，要学会批判。他时常跟我说："爸爸妈妈说的和老师讲的不一定都正确，书上写的也会有错误，不要照单全收，要学会批判地吸纳别人的东西。"本着这样的精神，我会活学活用地把这批判精神运用到他身上。

那是2011年的元宵节，当时高二的我早在正月初八就已经开学了，所以元宵节那天只是一个小假期。饱含着放假的小愉悦，在月上柳梢头时，老爸带着我登上长春南湖大桥，观赏元宵焰火表演，感受万家灯火的温暖。

华灯尽散，我们回到家中，想到元宵节一定会有元宵晚会，于是我便打开电视，准备阖家收看。老爸一向对这类文艺晚会不感兴趣，那次也不例外，不过鉴于元宵节的团圆氛围，老爸答应陪我一起看。

主持人盛装登台，一串温馨的开场白后，节目开始。

正看着，老爸的批判劲头油然而生，开始犀利地"点评”主持人的台词、演员的表演。最初我只是心里有些扫兴，并无所表示。后来我身边的这位“批评家”几乎会对每一个登台的人发表一番评论，而且多数是不好的看法。虽然被批评的并不是我，但作为旁听者，我的心情还是很压抑。

终于，当老爸再一次对某个演员评头论足时，我忍不住委婉地对他提出了我的建议，希望他不要在大家一起看电视的时候，不停地在旁边发表消极言论。当时，老爸不太同意我的看法，他以为他不喜欢的节目，所有人都不会喜欢，否则就是趣味低下。另外，他认为我这是没有主见的表现，对于社会的一些不足没有自己的想法，并“升华”了我的观点，认为我太过平庸，甚至有些从众心理，随波逐流，而且顶撞了他，是对他的不尊重。

所谓话不投机半句多，两种完全不同的思维方式碰撞到一起，必然引起一阵波澜。面对被我激得战斗力狂增的老爸，我也不甘示弱地据理力争。于是，战火升级，思想交锋正式开火，一场“别开生面”的辩论赛在浓重的火药味中隆重开赛。

我作为正方一辩，陈述了我方观点：首先，萝卜白菜各有所爱，不应该因为喜好不同就否定他人的喜好，并称他人是低级趣味；其次，有想法不说不代表就是没有想法，沉默不代表平庸；最后，在大家共同欣赏节目时发表负面意见会让他人很扫兴。就以上三个观点，我简要地论述了对于社会不足的理性对待方法，以及应如何正确表达负面意见。

而老爸作为反方实力派一辩，先是认同了我的第一条观点，并虚心接受。接着反驳了其余观点，老爸坚定地认为：有想法就应该表达出来，并且这种表达不会对他人的心情造成负面影响。

看着斗志昂扬的老爸，我渐渐平复了情绪，淡定地对他说："爸爸你试想一下，如果在电影院里，大家都在欣赏电影并沉浸其中，但总有一个刺耳的声音不停地抱怨着：'这是什么破电影啊！真难看！'这时你的心情会如何？大家又会如何？对于这样善于泼冷水的人，大家一定会说：'你不爱看你出去啊，别影响别人！'对吧？"

我的话似乎说通了老爸的意念墙，老爸的表情渐渐舒缓下来，然后换了一种很平和的语调跟我继续沟通。

三言两语中，老爸逐渐认识到自己的表达方式欠妥，并承认之前没有意识到自己的语言会对旁边的人造成影响。

这场史无前例的思想交锋就这样以双方和解的状态完

美结束了，而那个元宵节的夜晚也随之变得富有意义。那不单单是我第一次如此激烈地向老爸提出自己的想法，让老爸知道我并不是趋于平庸，而是能合理地运用批判精神（虽然是运用在他的头上），也不仅是让老爸发现了自己的一个缺点，并帮助他改正，最重要的在于思想交锋让我们更加了解彼此，让我们的沟通方式更加有效。所以不要拒绝一场思想的战争，这场战争很可能是双赢。

关于这次思想交锋，老爸在他的新浪博客中这样写道：

人总有不自知的时候。

生活中的东子也如大家一样，不自知且全然不知。

昨天是元宵节，我带女儿依依先去新立湖滑雪场滑雪，而后又去看焰火，回到家已快夜里9点。

孩子迅速打开电视收看央视的元宵晚会，我陪孩子看电视时，不时地作些评论，从主持人到演员，大多数都给出了负面评论。后来孩子生气地不看了，我问为什么？她说："没兴趣了，好心情都让你搅没了。"我即刻停止评论，半个小时后，她看完了节目。

我们作了一番交流。

我先开了腔："依依，爸爸刚才的几句评论，你怎么反应这么强烈?”

“你那样做，是对别人的不尊重。我看就说明我是欣赏的，而你不欣赏可以不看，为什么要去批评指责别人?”依依反问道。

“我没有不尊重谁，我的评论也是客观的，我没有否认他们的能力和艺术成就，只是对其某些不足谈一点想法，即使是批评也不带有主观的恶意，再说了批评和质疑是每个人的权利。我也一直告诉你要批判地吸纳别人的东西，全盘接受就是没思想的表现。”

“爸爸，我在这里要阐明两点：第一，我不认为批判别人就是有思想，不批判也可以有自己的想法；第二，我将来也许会做主持人，这对我也是一个打击。试想，如果你的女儿主持节目，别的观众也这样评论，你会作何感想?”

“孩子，我再三强调，我的批评是客观的，我没有恶意，人的价值取向不同、喜好各异，提出自己的想法不是什么错。你如果想做主持人或其他公众类人物，就必须有足够的心理承受能力，如果你也被这样地评论我会理性对待，这可能是对你的一种鞭策。”

“我没有感到你的评论是客观的，而是一味地指出不足，是过于偏激的想法。不管怎样，爸爸你该考虑考虑别人的感受，如果你在看节目，你身边的人说这样的话，你会不受影响吗？还有，我跟你说，前段时间在老家过年时，三十晚上奶奶和七大爷（东子的三哥，叔伯兄弟排行位七）看春晚，你就说一些春晚办得不够好，自己已经多少年不看春晚的话，当时奶奶和七大爷都不高兴，可你却不自知……”

孩子的后几句话，让我沉思……

交流过后，我这个做了10多年心理咨询师的人，今早把昨晚和女儿之间发生的不愉快讲给了我的好友，向她咨询求证：我的这番言论，会对别人有那么大的影响吗？朋友直接问我：“假如你在电影院看电影，津津有味地观赏着，邻座的人总是说这电影没意思、拍得差，你又会作何感想？”

朋友的一番话如醍醐灌顶，是啊，那一定会影响到观影者的心情。

那么，我的一些负面评论，不也如那个邻座之举吗？

那是一种不礼貌的行为，是对观赏者的一种不尊重。

我错了！我要道歉。

向依依道完歉后，我说还要向她奶奶和七大爷道歉，孩子接受了我的道歉，并竖起了大拇指调侃道：老爸，你还会进步的！

“杀”进年级前10名

第一眼看到这个标题，您肯定感到一股霸气扑面而来。但仔细想想发现，名列前10名并不是什么高难度的创举，何必用“杀”字呢？未免太夸张了些吧。

杀，是因为我的名次上升幅度很大，从高一刚开学时的年级600多名（文理未分科），到前70名（文理分科后，文科年级排名）进入实验班，再到前30名一鸣惊人，最后闯进年级前10名成为一匹黑马。其实这一路的骁勇战绩我并没有为此费多大力气去死命拼杀，只是一不小心杀入了年级前10名的高地。

第一次进入年级前10名，是高二上学期的期中考试，我以语文110分、数学84分、英语105分、地理80分、历史80分、政治68分，总分527分，位居年级第7，由此还获得了“学习标兵”的荣誉称号。

自从上了高中，我的成绩就开始一路飙升，在杀进年级前10名之前，从来没有过回落，可以说创造了平行班冲出的最具实力的黑马这一神话。尤其是进了实验班后，本来我还很担心倒数第8的位置不保，怕会从实验班跌落回去，没想到我不仅常驻“沙家浜”，还在“沙家浜”一再打破自己的纪录，几度跌碎老师和同学的眼镜。

实验班的学习氛围激发了我的学习乐趣和埋藏已久的潜能，一经刺激便全力爆发。在实验班的学习生活，充实而有趣，这让我一直保持着高度的热情，加上每次考试的大幅度进步，都会让我成就感十足，这些便是我杀进前10名的充足动力。

那段时间，最盼望的不是放假，而是考试。因为当考试成绩出来后，听到“咱班历史最高分是谁呀?”“又是范姜国一”这样的对话时，难道不是一种成功的满足吗？看着成绩单，“范姜国一”四个字又往上蹦了几格，越来越接近名次表的顶端，又有几个同学被这四个字压在下面，难道不是一种胜利的喜悦吗？考试结束后的课堂上，老师点名表扬进步大的同学，“范姜国一”一定会出现在其中，难道不是一种被肯定的幸福吗？

当我突飞猛进的名次和逐渐显现出的超强实力令老师刮目相看的同时，同学们也经常向我取经，想知道我是如何轻松地边玩边学，还可以有如此惊人的好成绩的。是呀，当同学们都埋头题海刻苦做题时，我只找了几道经典的题，做完之后同类题型的分便手到擒来；当同学抱着书本猛啃死记硬背时，我优哉游哉地随意翻着历史书，却能把知识点全都牢记在心；当同学利用一切空余时间争分夺秒地学习时，我看着窗外放松视神经，缓解大脑疲劳或是在户外疯跑玩耍，最后考试时还能稳居前10名。

您可能会说，你这不是明摆着说自己智商高吗?

其实不是，我和老爸都认为智力方面每个人的差距都不大，我只是记忆力和情商比较好，加上老爸从小培养我的自学能力，因此对于知识的理解力比较强，其余的与常人并无异处。所以说，学习效果的差距，追根溯源是学习方法的区别。

第一，学习目标。别的学生刻苦学习的目的是应付考试，只为高考服务，而我完全出于对知识的兴趣和渴求，这就造就了不同的学习心态。我相信，秉持着不一样的目标，最后的结果一定也不一样。

第二，学习效率。有效的学习很重要，也许别人做一百道题不如我做一道题学会得多，别人苦学一个小时不如我快乐学习10分钟效率高。虽然我很少花费课余时间温习功课，但我能做到上课时老师讲的全部内容都存进大脑，偶尔课下学习时也保证知识的百分百吸收。

我觉得，这两点才是我与其他同学的不同之处。

只有放松心态，提高学习效率，才能在这条路上真正找到学习的快乐和意义，才能“杀”得更远、更轻松。

曲折英语路

在小学，我的英语试卷曾经有过 47 分的“光荣”历史，上了初中后，甚至还登上过 23 分的“顶峰”。由于跳级时基础没有打好，加上多次跨省换学校等种种原因，导致了我在上高中前的英语水平并不理想，但是在迈入高中的同时，我的英语大门就此打开。

高一刚开学时，我的班主任徐丽琴老师是一位气质高雅、勤恳敬业的生物老师，她了解到英语是我的弱项，便建议英语老师让我来当这个学科的科代表。当徐老师来征求我的意见时，这让英语成绩很差的我大吃一惊，在我的头脑里，只有成绩优异才能当科代表。老师看出我的疑虑，解释说，担任课代表可以锻炼我的英语能力，对提升成绩很有帮助，她相信我能努力胜任，有朝一日成为名副其实的“科代表”。就这样，在班主任的提携下，我成为了有史以来英语成绩最烂的科代表。

我自知英语水平低，所以走马上任后一直努力学习英语，这对基础不好的我来说相当吃力。尽管如此，为了不辜负班主任的厚望，我还是坚持对英语学习充满了热情。科代表的头衔仿佛象征着一种责任，它放在我的肩头使我感到了一股源源不断的力量，这种潜在的力量一直激励着我，背单词我冲在最前面，翻译课文我提前一星期就完成任务，卷子试题更是一套不落地认真做完。

在紧张中迎来了第一次考试，我的英语成绩虽然比以前有了提高，但还是低得可怜。

“范姜国一，你是不是没发挥好啊?”一个同学看到我的英语成绩后，好奇地问。

“没有啊。”我低着头，把脸埋在了阴影里。

“我还以为英语科代表成绩肯定特别好呢。”同学没有看出我的低落，开玩笑地说。

“呵呵，其实我也是这么想的……”不好意思的我把头埋得更低了。

那次考试让我很受打击，日后的学习中我都提不起精神，甚至还一度跟英语老师提出了“辞职”，英语老师微笑着对我说：“我的科代表可不应该这么消极，你年龄小，有热情，我相信你慢慢会提高的。”

“可是老师，大家都觉得应该选一个英语成绩好的来当科代表啊。”

“我可不这样想，”老师拍拍我的肩膀，接着说，“你的努力是我们有目共睹的，你虽然不是成绩最好的科代表，但是是最勤勉的。再说，现在的成绩不能说明什么，凭你的小脑袋再加上勤奋和努力，总有一天，成绩会提高的。”

听了老师的话，我再也没有提过“辞职”，心里重新充满了动力，不停地在英语路上奔跑。很快，一个学期过去了，我的英语成绩虽然没有大幅度地上升，但是为我后来的学习打下了一定的基础。

这时，我们进行了文理分班，选择文科的我被分到了由刘淑燕老师担任班主任的高一年级第 14 班，这是我英语学习的一个重要的转折点。

刘淑燕老师本身就是英语老师，又是我的班主任，这更使我对学习英语劲头十足。在 14 班的三个月里，我虽然已经不是英语科代表，但是对英语的学习一直没有放弃。三个月后的一次月考中，我因为成绩较好，被分进了实验班——第 13 班，幸运的是刘淑燕老师依然是我的英语老师，而我的新班主任名字叫李丽。

李丽老师是一位很负责任的班主任，她一直关注我的各科成绩，并且特别重视我的英语。而我真正开始狂热地学习英语是在升入高二之后。

高二，对于每个高中学生来说都是一个转折，而在我的英语路上，高二更是一个决定路旁风景的岔路口。

刘淑燕老师为了提升同学们的英语写作水平，鼓励我们自愿利用课余时间写英语作文。刚开始，我写出来的作文里一句话中就有很多低级的语法错误，老师改了又改，最后只能无奈地重新写一句。几次下来，我的问题暴露无遗，老师告诉我应该从最基础的造句开始练习，等有所进步之后再写作文。

就这样，一个个句子在我的笔记本上“诞生”，它们由短变长、由易变难、由简单句变复杂句、由漏洞百出到无懈可击。一段时间下来，我写满了整整一个笔记本，开头的几页，会看到许多老师用红笔修改过的痕迹，甚至盖过了我黑色的句子。后来句子日渐成型，片片红色最后慢慢变成黑色的独角戏，每造对一个句子，老师就会在句子末尾给我画上一个可爱的笑脸，那一个个绽放在我眼前的笑脸不仅是对我的肯定与激励，更体现出老师对于我这样基础薄弱的学生的耐心与尽职，对刘淑燕老师的感激，我用多少句子都表达不尽。

从开始造句到高中毕业，我大概写下了近千个句子，这数目庞大的作品让我了解了语法，熟悉了单词，英语成绩自然而然地有了飞跃。我所做的不仅是造句，为了综合提高英语水平，我抽时间熟读课文、看英文原著、听英文歌曲……这些做法也许并不能让英语成绩突飞猛进，但足以帮助大脑尽量吸收英语知识，打开语言的大门。

坐在高考的考场上，面前的英语卷子意味着英语路上一个小小的里程碑，它见证了我高中时期英语学习的艰辛，证明了我的付出和努力，告诉了我再曲折的路只要一步一步踏踏实实地走，就会看到沿路的风景有多美丽。

117 分的英语高考成绩，和刚入学通过考试获得的大学英语三级，是我那段时间付出的辛劳所得。

三年级（2011 年 8 月—2012 年 6 月）：学在高三

升入高三

高三是黎明前的黑暗，是马拉松的最后冲刺，是云霏渐开的初晴。高三就像一束强烈的光即将刺破夜幕，每一个高三学生都在为最终的胜利拼搏。

在中国，高三学生被誉为最辛苦的群体、最弱势的群体、最呆滞的群体……总之，高三的生活让每一个学生望而生畏，让每一段时光停滞不前，让每一份快乐渐行渐远。

按理说，本着“一路玩来是长大”的原则，我应该不会升入高三，这篇文章也会随之灰飞烟灭。但是，正是本着“快乐成长”的宗旨，我带着与常人不同的目标和心境，踏入高三的管制地界，开始了一年的“有期徒刑”。

高二下学期期末，老爸就我的学业问题，跟我进行了思想交流。老爸的意思是，既然高三这一年时间都是在复习高一高二的课程，而目标很“单纯”，完全是为了对付高考，那么这一年就是在浪费生命，应该好好利用这一年的时间，学习一些新的知识。

于是，老爸列出了我的自学计划，大体上与初三下学期的学习模式相近，以素质教育和综合知识的整合为基础，

我要我的体验

提升自身修养和综合素质。而且，最重要的是，在家自学不用凌晨五点多钟就起床，更不用为了作业熬夜到星星都困了，每天时间安排轻松合理，到法定节假日“学校”也不会克扣你的假期，并且没有如山的假期作业。这样既能学到知识，又愉悦身心，与学校的高三生活有着天壤之别。

我想，这种生活应该是每个学生都向往的，可我就是这么身在福中不知福。在如此诱人的条件下，我小小地动摇了一会儿后，依然坚定地对老爸说：“我想上高三，我想参加高考。”

我这样“自讨苦吃”的原因很简单——我想有这种人生体验。

从小学一年级到高中二年级下学期期末，除去两次跳级和半年的在家自学，我在学校一共度过了不到 8 年的时间。而这 8 年中，轻松和快乐永远是主旋律，以至于我从来没有体会过刻苦学习的滋味，更没有经历过毕业、结业考试、中考、总复习。

一路玩来，我站在高三的门口，犹豫了很久。我完全可以选择老爸给出的路，那是一条平坦宽阔的康庄大道。可我回首看到了另一条路，这条路上有如百万雄师过大江，数百万高三毕业生都雄赳赳、气昂昂地挤向那个窄小的路口。也许那里荆棘密布，危险丛生。但过了天险，即是坦途，而且我坚信如此经历定比在康庄大道上踢正步要刻骨铭心。

基于此想法，我和老爸达成共识——我上高三不是为了高考的分数，而是体验高三的生活，充实人生。有了这种“不单纯的”目标，我抱着初生牛犊不怕虎的心理，一把推开了高三的大门，充满豪情壮志地迈了进去……

其实，经历过了就会发现，高三并不是十分恐怖，它只是高考前的一场心理战，拼的就是心态。也许，我正是因为有着平和的心态，才能在高三的生活中，既充实紧张地学习复习，又不失快乐地感受高三。

至今，我还记得在升入高三前，老爸和班主任老师分别对我说过的话。

老爸：“既然你做出了要上高三的决定，就要对得起这一年的时间，我不求你的高考成绩多么喜人，只要你学有所获，不后悔做出这个决定就好。”

老师：“高三虽然痛苦乏累，但我保证，高三一定是你人生中最难忘的一段回忆！”

现在想来，我想说，升入高三，让我有了一辑最美好的人生片段，我一点儿也不后悔。

百日誓师大会

二月，冬末的北方依然寒冷，冬天的寒意还没有散去，站在铺满雪的操场上，轻轻哈一口气，袅袅白雾慢慢上升，最后消散在空气里。学校到处银装素裹，一片雪白在冬日暖阳下闪闪发光，亮得刺眼。

虽然外面的气温仍是零下，但是我们的心与那天班级前面高考倒计时上的数字是一个温度，那天是 2 月 28 日，距离高考还有 100 天。

刚升入高三，高考倒计时的牌子就“入住”了我们的教室，那时它身上的数字完全不能让我们充满热情，那是 286。日子一天一天地过，高考倒计时就像颠倒的日历，一页一页地更换，从 286 到 223，从 198 到 154，仿佛只过了一瞬间，那数字变化的速度着实让我们惊讶，似乎不经意中它却已经发生了翻天覆地的蜕变。就这样，我们度过了一个学期和一个为期十天的寒假后，“100”波澜不惊却又振奋人心地登上了倒计时板。

百日誓师，这个词从来没有出现在我的耳旁，直到 2

月 27 日，老师“交代”说，明天是百日誓师大会和一模的奖励大会，誓师大会是每届高三学生都要经历的重要仪式，而且这次奖励大会是学校为我们高三学生举办的最后一次奖励大会，所以明天的活动十分重要，并且需要家长参加。我由于一模考试成绩较优异，在学校排名第 6，得到了“学习标兵”的荣誉称号，所以在这次大会中需要“被奖励”。虽然不是第一次在奖励大会上领奖，但是面对“最后一次”和誓师大会的点缀，我心里有点遗憾又有些期待。

28 日早上 8 点，我们开始排队向体育馆“进军”，手里唯一的“武器”是给各自家长准备的椅子。我们排着队缓慢前行，白色的雪地上留下了很多杂乱的脚印，有如一幅印象派的画，就像我当时激动又紧张的复杂心情。

走进体育馆大厅，我们正前方摆着主席台，校领导的座位上方挂着一个条幅，上书：“高三百日誓师大会暨一模考试奖励大会”。我们在老师的带领下找到了第 13 班的位置，然后席地而坐，等待大会开始。在这空闲的时间，我回头努力张望，想看看我的老爸是否已经入席。还没等我找到老爸的身影，年级主任就让一会儿要领奖的同学到体育馆一侧集合。

于是，我跟着几个同学离开了班级所在的位置，到体育馆的一侧和其他领奖的学生集合，按照主任的要求排队站好，等待我们的出场（颁奖仪式的过程在前一天已经彩排过了）。我站在队伍里还不忘寻找老爸，为了不被主任批评，我只能小幅度地踮脚，低调地进行“搜寻”，正在我“鬼鬼祟祟”地四处张望时，一段熟悉的短信铃声在体育馆门口响起，那不是老爸的吗？我一回头，刚好看到老爸站在体育馆门口，正朝我的班级走去，这下我放心地扭过头，乖乖坐在队伍里。

良久，大会终于开始了，升国旗、奏国歌、大会第一项、第二项……一步步有条不紊地进行。在激昂的音乐中，我们排队上台领奖，每个人手拿着自己的证书和奖品，站在主席台前方和校领导合影，在眼前黑压压的人群中，我看到了很多熟悉的面孔，包括坐在远处的老爸，我保持微笑，待摄影老师完成任务后，和同学们一起退场。

接下来是学生代表、教师代表、领导代表等各种代表讲话。整个大会中，令我最为震撼的一项是学生宣誓。

“下面请高三全体学生宣誓！”

在主持人的一声令下，全体高三学生齐刷刷地拔地而起，迅速整理衣冠，面容严肃庄重，不时还能听到清嗓子的声音，像是要引吭高歌。宣誓代表肃立于体育馆前方，一字一句地念着宣誓词，我们跟着宣誓代表开始了“吼叫”，几乎每个人都发出了最大的声音，用尽了全身的力气，全体高三学生气宇轩昂的誓词震响了整个体育馆，室内的拢音效果使我们的声音更加高亢，音量之大仿佛要把体育馆的屋顶掀开，我甚至可以感觉到脚下的地面随着我们宣誓的节奏颤抖，最后的“高考必胜”四个字喊得震耳欲聋，誓词在体育馆里回荡，老师和家长们的掌声经久不息，似乎每个人的血液都随之沸腾，心脏都为之狂热。

大会结束后，我们拿着自己的椅子“撤离”，我跟爸爸打了招呼后和同学一起离场。脚下的雪地和之前一样抽象，我们也同样还是拿着椅子，排着队缓慢前行。不同的是，每个人都像是打了兴奋剂，面带激动不能自控，有一种要为了学习投身火海在所不辞的热情，却不知这种热情能够持续多久。

百日誓师大会鼓舞了同学们的斗志，同时也震撼了我的视听和神经。二月份寒冷的气息被我们火热的誓词攻退了一些，但真正驱赶严寒的是春天的到来，而不是人为的篝火。

考试如中药

考试为何物？其乃一味中药。

成分：压力之于家长、期望之于学校、迫切之于老师、抵触之于学生；

性状：本品为白色纸张若干，性寒、味苦、大热、有毒；

功能主治：用于检测服用者头脑健康，知识储备；

用法用量：一次N张，一日N次，不定期服用；

不良反应：食用过多易导致添火增毒、心理抑郁、胸闷气短、头重脚轻、厌学厌考、谈考色变；

特别注意：适量服用本品可以达到以毒攻毒、头脑清醒的效果，过度使用，即出现上述不良反应。

由此观之，适当考试利于学生的身心健康，但过于频繁的考试，可能并不能达到校方期待的效果。上了高三之后，考试这味中药，我们基本上是每天服用。

“同学们注意听，记一下考试时间。”自习课上，班主任疾步走上讲台，发布了这一恐怖的消息。我心里哀叹：

又要考试了……

“我们从明天、也就是 16 号开始考试，后天考试结束之后，18 号、19 号照常上课，20 号周日正常休息。21 号、22 号进行第二次考试，然后 23 号、24 号上课，接着 25 号、26 号第三次考试！这三次考试的形式和时间与高考完全一样，所以同学们要重视，不能有懈怠的心理！要认真答卷，就当作是高考前的练兵！”班主任铿锵有力的声音狠狠地砸在我们的心上。

“哎呀呀，累死啦……”老师刚说完，同学们就开始了撕心裂肺的哀嚎。

“累的不光是你们啊，我们老师还得给你们批卷子呢。”

“老师，你们别那么辛苦了，告诉校长把考试取消了吧！”

“哈哈，对呀对呀，取消了吧，别累坏了老师。”

“行了行了，你们别抱怨了，这是咱们高考前最后一次考试了，以后想考还没机会了呢。”

“最后一次？这不是最后三次吗？”

“我们可不想有这种机会，千万别给我们机会啦。”

“老师也知道你们累，这么集中的安排三次大型考试，学校肯定是想让你们好好锻炼一下。好了，还有什么问题吗?”

“老师，考试的时候晚课正常上吗？考完就提前放学吗?”

“晚课是一定要上的!”老师微笑着说，“晚上8点40分放学，除了增加了三次考试，其他一切正常。”

“天哪，真的要累死了……”又是一片哭喊。

这是高三学生临考前悲惨生活的真实写照。如果仅仅是这样，凭学生们多年混迹考场，迎战各种大小型考试，坚强的意志力还能够承受这种打击。但是自从上了高三，从一模、二模、三模、四模，到每周的文综测试、每天的复习小考、每堂的质量检测，面对考试学生们只有抱怨的力气，却没有反抗的能力，岂不哀哉!

不过，既然说考试是一味中药，那它也有一定的益处，它让我们知道了自己对知识的掌握程度，让老师了解了学生的薄弱环节，让家长清楚了孩子的学习状态，适度的考试也不是坏事。

可是三天一大考，两天一小考，实在让我们吃不消，就拿上文提到的那三次集中的考前练兵来说，第一次考试结束后，同学们还能有说有笑地讨论试题的难易程度，还能活蹦乱跳地在教室里互相对答案。第二次考试结束铃声一响，大家齐声叹了口气，然后动作一致地趴在了桌子上。第三次考试过后，我们大都已经麻木，双眼无神，目光涣散，在食堂吃饭时大家都没有声音，偶尔有一个人想要打破这沉寂，刚把话说出口：“哎，这次考试……”马上就会被打断：“别提考试了，恶心。”

如此频繁的考试让我们的高三生活太过“充实”，到了五六月份，每天的生活就是这样的循环无味：考试，讲考试卷子，分析考试成绩，总结考试经验，准备下次考试……经常会造成这次考试卷子还没讲完，下次考试就又迎面扑来的局面。

不过这种大量的训练也让我们练就了一身临考不惊的本领，练出了飞快的答题速度，以至于连蒙题的水平都在直线上升。为了应付考试，各科老师还会教授我们一些答题技巧，让我们面对试卷有各种方法可以做题，甚至可以看到题就能马上想到答案。这样的技术确实让我们在高考中提高了速度，但是这与考试本身的目的是否背道而驰了呢？考试是为了检验学生对知识的了解情况，对学习的态度，然而为了对付这频繁的考试而衍生出来的各种速答技巧还是我们对于知识的真正了解吗？我们还称得上是新时代国家的栋梁，是未来的接班人吗？面对现在的教学模式，我们只能算是一群称职的考试机器，一个个被训练得见到考试卷子大脑就高速运转，而平时却连基本的生活自理能力都没有的书呆子。

考试是一味副作用较强的中药，迫于压力，学校只能给学生服用这种慢性毒药，而学生也只好皱眉将其喝下。长期服用这种药的结果是什么，社会现实正在一步步检验。

毕业典礼

五月末，眼看着高考越来越近，但那时候最在意的却已经不是高考，而是即将要随着高考一起结束的高中生活，随着高考临近不得不面对的离别，随着高考一起来袭的“毕业”的字眼……

班级前面的“高考倒计时”一天一天翻过，那个曾经让我们提不起精神的数字那时已经小得可怜，只剩一个孤零零的个位数，就像我们马上就要各奔东西，离开这个大家庭，成为一个个独立的数字，在大江南北独自寻找新的意义。

看着周围的同学，一张张熟悉的笑脸即将各自散去，走上不同的人生旅途，本来就重情义的我心里有万般说不出的苦涩。看着因为临近高考而变得不同于常，因为马上就要毕业而不舍得多加训斥我们，与我们成为好朋友的老师们，不舍之情更是油然而生。看着传来传去的同学录，一张张写满了祝福，载满了情谊，一笔一画里都倾注着浓浓的离愁别绪，我的眼泪几度涌上“大坝”，试图“决堤”。

虽然高三末期的日子痛苦万分，累到吐血，但是当毕业的气氛越来越浓重后，大家开始舍不得高中生活就这么结束，甚至想推迟一个月高考，延后一个月毕业，哪怕再受一个月的折磨也好。那时我都不敢直视班级前面的那块小牌子，不敢仔细计算我们剩下的时间，仿佛那就是一道万丈深渊，思绪跌进去就会被呼啸的浪花卷走，不再重来。

可是，时间就像阵风，当有温差时，等压梯度力就会改变，风就会吹向各方，拂过开满花的枝头。不管我们有没有准备好，不管我们多么不想面对这件事，毕业还是带着一片诚意扑面而来，没有给我们留下一丝喘息的余地。

2012 年 6 月 2 日，阳光和煦。

那天，天气格外晴朗。清晨的薄雾还未散开就被暖人的阳光融化在空气中。我们穿着刚刚发到手的黑色“学士服”，邋里邋遢、拖拖拉拉地在班级里走来走去，准备毕业典礼的各种事项。

忙忙碌碌中，所有的高三毕业生都在操场上集合完毕，一眼望去，尽是黑压压的大斗篷披风，那装束仿佛给我们个扫把就可以乘风起飞，这让我想起了《哈利波特》影片中霍格沃茨每年开学时的情景，像极了那一地兴奋的小巫师。但人家是小别重逢，我们是曲终人散。

日头渐渐升高，家长也基本都到场了。

毕业典礼开始了。

耳边响起熟悉的音乐，思绪随着音乐抑扬顿挫，随风飘扬。

回想从前，小学和初中都在不断跳级和奔波转学中度过，最后在家里毕业。而高中，我把我所有的时间都给了这所学校，这里有我的笑声，有我的回忆。所以这是我第一次完整地在同一所学校完成一个学习阶段，也是我人生中的第一场毕业典礼。

憧憬未来，三年的时光从指缝中一丝一缕地滑落，留下指尖细腻的触感，高中时代结束后，曾经的好友也许会情感依旧，也许会淡化联系；曾经的记忆可能会刻骨铭心，可能会随风消逝；曾经的梦想或许会依然发光，抑或会化作泡沫。

其实对于毕业典礼的过程，我不想多加描述，那就像沙漏，要诉说的不是细沙流过时的娟丽，而是细沙流光后残留在薄壁上的丝丝眷恋。

沙漏念着的是沙，我眷恋的是流过脸颊的泪水，那不是苦涩的泪水，是面带欣喜、不舍、祝福、怜爱的微笑的班主任老师为我授毕业帽时甜蜜的泪水；是与同桌共同抬头仰望天空然后相视一笑各自意会彼此的鼓励时感动的泪水；是与挚友紧紧相拥互道珍重还不忘嬉笑打趣开怀大笑时开心的泪水；是手捧鲜花面对成长站在满心幸福的父母面前鞠躬献花时爱的泪水……

但泪水不是毕业唯一的记忆，最深刻的记忆是笑容，

今天我毕业了

是挂着泪滴的笑脸。浏览毕业典礼那天的照片，几乎每个人都带着泪痕，红着眼眶，却依然挡不住那些洋溢的笑容，遮不住由心而生的喜悦，虽然要面对离别的痛苦，但我们依然快乐，就这样痛并快乐着。

阳光下，我们整齐地站在教学楼前，清脆的快门声代表着高中生活彻底结束，意味着我们的笑容永远地绽放在每个人的心里，永远地定格在了毕业那天。

每逢毕业季，淡淡的伤感都会在天空中画出淡淡的白云，一朵一朵，如含苞待放的花朵，如绚烂张扬的青春，如饱含深情的我们……

我的高考真体验

炎热的6月，也被称为“黑色6月”，因为它饱含着毕业的心酸，抑或是找工作的压力，但更重要的是，高考带来的惶恐与紧张。虽然我本身的压力较小，但是大环境下的压抑终究使我也感到一丝氤氲。高考，这个让莘莘学子为之奋斗十余载的“终极战役”终于打响了……

6月6日，下午3点，验考场。我非常幸运，被分在自己的母校主场“作战”，心情也轻松了许多。6月的校园里绽放着最美的花朵，如同我们绚烂的年纪，在高考的黑夜中，依然散发着幽幽的清香。

6月7日，随着清晨的第一缕阳光洒在空中，一场无声却激烈的竞争已经拉开帷幕。

吃过早饭后，爸爸将我送到了学校，也就是我的考点。我和我的同桌在校门口会合后，一起进入了考场（也许是命运的安排，我和上文中我提到的同桌汪苗竟然在同一个考场，于是接下来的考试中，我们便成为了彼此的定心丸）。

8:30，进考场。考场门口站着一位面无表情的监考老师，手里拿着像电棍一样的金属探测仪，在每个考生进入时，仔细地对其全身进行一番“扫描”。我当然也享受到了这种待遇，老师确认我没有携带任何危险物品后，一侧身示意我进入考场。过一会儿，老师开始分发试卷和条形码（此物为一种高科技产品，当阅卷的机器扫过贴有条形码的答题卡时，就可以迅速地确定这张答题卡是属于哪一个考生的，所以，它相当于答题卡的身份证）。在我小心翼翼地贴条形码时，忽然有一种被当做商品卖掉的感觉……

9:00，第一科语文考试开始。语文是我完全不担心的科目，因为平时成绩比较稳定，所以只要不发挥失常，就不会出现太大的浮动。我习惯性地先浏览了一遍作文题目，然后按部就班地答每一道题。

11:30，随着一声机械的铃响，语文考试结束，我刚好写完作文的最后一个字，紧张的汗水应声落在了手心里。险些没答完卷的我看着老师收走我的卷子，长长地舒了口气。

我挽着同桌离开考场，边走边讨论着刚才的考试，偶尔还能听见其他考生的话语。大部分人都在交流作文的立意，听到别人的作文都是关于“责任”“助人”等常见的话题时，我心里打起了鼓，甚至开始怀疑我的作文跑题。因为我为了让阅卷老师眼前一亮，独树一帜地选择了别的考生没有想到的立意，这极有可能会被定为跑题作文。不过后来，从我的分数上来看，我当时的担心是没有必要的。

中午回家好好地休息了一下，为下午的数学考试做准备。

15:00，第二科数学考试开始。数学是最没有悬念的科目，在平时的测试中，不管题难易程度怎样，我的分数始终处于90左右，可谓相当的稳定，于是我以极其轻松的心态坐在了考场。

17:00，考试结束。见到爸爸后，他不解地说，为什么这个时候从考场里出来的考生，表情都很凝重，好像没有上午开心了。我笑着说，因为数学题太难了啊。本来心情很放松的我在看到试卷后，也有一点点紧张，题难得超乎想象。与同桌一起从考场出来的时候，我们两个之间也陷入了一片沉寂，看得出来同桌的数学也发挥得不理想。

一天的考试就这样结束了，还来不及抒发太多的感慨，夜幕的降临就宣告着明天的“战役”将更加精彩，我必须养精蓄锐，为明日的奋斗提升战斗力。

6月8日，高考第二天，也是我最重视的一天。

9:00，第三科文综考试开始。走进考场时，我的心情明显比前一天要沉重。由于文综题量大，时间紧，字数多，所以我最大的顾虑就是答不完卷，如果因为时间问题而使本来会的题失分，那就是极大的损失。一般情况下，文综考试结束时，同学们不是互相关心考得怎么样，而是询问答没答完。由此可见文综是文科生至关重要的一仗，而在我看来，答完卷子就是胜利！

看到卷子后，我迅速地审题，然后在铃响时开始快速地答选择题，整个过程一刻也不敢放松，用争分夺秒都不足以描述我与时间的竞争，连翻卷子都是用最快的速度。整个考场宁静得只能听到笔尖快速划过试卷的声音，我甚至可以听到自己的心跳。长时间的书写和绷紧的神经让我的手不停地冒汗，汗水顺着手指溜到笔杆上，使笔杆滑得握不住，这时我竟然想到了历史书上，描写鸦片战争中镇江保卫战的一幕："独青兵奋勇格杀，至血积刀柄，滑不可握，犹大呼杀贼！"对于自己思维的跳跃性，我不由得会心一笑，一瞬间心里巨大的包袱似乎落了地，再不觉得紧张和担心，接下来的过程就变得水到渠成，我成功地答完了卷，甚至还留出了五分钟检查试卷，自认为每道题都发挥到了我最满意的程度。

11:30，铃响收卷，让我压力最大的科目圆满结束。

6月的艳阳在中午显得格外活跃，它散发着最耀眼的光芒，照进我们浮躁的心里，融化一切喧嚣，留下一片热土。

15:00，英语考试开始。因为从小英语基础不好，所以高中时，我的英语学习很费力气（关于这一点在上文我已经用了一整篇来描述，这里就不多赘述啦）。虽然心里期待着英语可以超常发挥，但是基于对自身实力的了解，我没有给自己太大压力。

两个小时的答题时间里，即使我心静如水，闷热的天气还是使我手心无力，手指发酸，我只好每写下几个英文字母，就简单地按摩一下我的手掌，我这一古怪的动作似乎引起了机警的监考老师的注意，这位敏感的女士不停地在我身边巡视，企图阻止我的“非法活动”。对于老师的尽职，我虽然表示充分理解，但心里还是萌生了被怀疑的小愤怒。当监考老师确认我是一个本分的考生时，她终于放弃了对我的监察，回到了考场前面。这一小插曲并没有影响我的心情，时间一分一秒地度过，我的答卷也接近尾声，一切有序进行，没有一丝紊乱。

17:00，铃声仿佛意味着“战役”的终结号，高考带着黑暗的龙卷风呼啸而来，在盛夏的炎热中嘶喊着吹过，没有带来一丝凉意，反而吹乱了我们如花的心灵，随后又裹挟着无数考生的无奈抑或是满意随风而去，留下的是各不相同的未来。

6月8日夜晚，高考结束了，虽然分数还没有出来，但是我的心情轻松而愉快，寂静的夜使纷扰的心渐渐沉淀，此时分数已经不重要了，重要的是我经历过一次磨炼，一次成长。窗外漆黑的夜空如从前一样点缀着几颗朦胧的星星，只是好像明亮了一些。

高三暑假（2012年6月—2012年8月）：乐在“期”中

蹚过泥泞路

人都说，经过了高考的压抑后，那个假期是最爽的，没有如山的作业，没有学业的压力，没有家长的唠叨，可以尽情享受晴朗夏日的温暖明媚，可以真切体会如沐心雨的清凉舒爽，可以随意放松心情、放飞青春。

我的假期虽也如此充满快乐，但也有一丝“痛苦”。

老家在一个非常美丽的小村庄，整个假期在老家的日子里，我尝遍了乡间美味，赏过了日月星辰，玩出了各种花样。但，有一项活动是计划之外的，让我苦不堪言，却又收获颇多。

村庄的美丽源于原生态的真实，可这也是它的封闭之处。我的老家——威武村，出村的正路只有一条，这就意味着如果这条路出现什么状况，所有要出村的人都要另辟蹊径，另寻他路。偏偏赶巧，这条路就出了那么一丢丢的小状况。

假期，政府要重修村路，为了今后的通行，却阻碍了当时的交通。而且由于策划不当，修路部门没有标注临时出村路线，以至于我们每次要出村去县城，都要临时打探

我和同学在东园

小道消息，问清路线；否则就容易沿着一条土路开出很远，甚至在农田间的小路上迷失方向，陷进一片广袤的玉米地中。

这还是比较好的一种状况，起码有车代步。如果“屋漏偏逢连阴雨”，“蹊径”之路会变得泥泞不堪，车就派不上用场了，唯一的武器只有雨靴。

这样原始的出村方式，在这个快乐的假期，我经历过不下五次，其中两次尤为艰辛。

其一是我的升学庆典后，我送特意从外地回家参加活动的两个姐姐上火车。那天早晨，下着大雨，我们全副武装，脚踏雨靴，气宇轩昂地出发了。大哥开着拖拉机，将我们送到了他尽可能开到最远的地方，望着前方“翻江倒海”的泥路，大哥表示无能为力了，我们便跳下拖拉机，开始了一段艰难的跋涉。

雨一直在下，在雨水的浸泡下，脚下的泥路湿滑黏稠，迈出的每一步都会深深地陷进稀泥中，如果使劲拔腿，雨靴就会与脚脱离，留在泥土的怀抱中，所以必须一步一顿，然后小心翼翼慢慢地把脚拔出来，行进速度随之慢了许多。与平地行军相比，上、下坡显得尤其惊险。上坡，虽然不太费力，但因为雨不停地击打着脸颊，冲刷脚底，不能仰面直视道路，只能低头顶着风雨，还要注意脚下的路，防止滑倒。下坡，所谓“上山容易下山难”，雨天就更不用说了，脚下像踩着滑梯一样向下冲刺，稍不注意就与大泥巴亲切拥抱了，可能还会直接滚下坡。

平时十几分钟的路程，我们那天走了差不多一个小时，艰难程度可见一斑。到达目的地后，每个人都已经变成落汤鸡不说，还摔了一身的泥，从头到脚都像逃荒的难民。

其二是在自驾游出发之际，又是下雨（可以说都是下雨惹的祸），使我们不得不穿着雨靴，步行到邻村，才能正式开始我们自驾游的征程。所以，自驾游第一段，应该是这独一无二的大泥路。

几次蹚过泥泞路，虽然落得一身泥，每次走个来回都疲惫不堪，但是相比平坦的公路，泥路上的风景仿佛更加让人回味无穷。

最重要的是，号称“一路玩来是长大”的我，这一路上怎能少了蹚泥涉水的别样快乐呢？

神秘科尔沁

8月，正值旅游旺季。为了“凑一凑”旅游的热闹，也为了表彰我顺利完成基础教育阶段学业，顺便充实暑假生活，老爸驾车带着我们一行五人从老家的东园出发，先后游览吉林省松原、白城，内蒙古乌兰浩特、通辽，以及查干湖旅游区、科尔沁大草原等地。

我在查干湖畔

“科尔沁”在蒙语中意为“著名射手”。历史上，科尔沁草原是成吉思汗之弟哈斯尔的领地。现在，科尔沁草原是中国四大草原之一，地域辽阔，资源丰富，西与锡林郭勒草原相接，北邻呼伦贝尔草原，绵亘400余千米，面积约4.23万平方千米，包括整个兴安盟和通辽市的一部分地方。

我们在广阔的草原中“策车奔驰”，车窗外的景物飞快地闪过，但一直不变的是无边无垠的草原和蔚蓝的天空，草原中散布着正在美餐的羊群，天空中漂浮着轻轻呢喃的云朵，草原上白色的羊群和天空中朵朵白云遥相呼应。毫无遮拦的视野让视线可以直接投向远方，投向那天与地交织会合处的缝隙，那绿与蓝共同勾勒出的地平线。映在我眼中的整幅画面像两块点缀着白色花纹的画布，完美地拼接在一起，画布边界上有着画龙点睛的一条线，这条线划分开天地，但模糊了天与地的界限，用柔和的颜色遮盖了分明的边界，让天地更加紧密地嵌入彼此，看来大自然真是一个画技高超又充满智慧的画家。

在一望无际的原野中，远处竟然隐隐约约地出现了沙漠，我开始怀疑自己的眼睛，那沙漠像海市蜃楼一样若隐若现，但一直没有消失。大家好像都发现了这个景象，我们问了路边的牧羊人，在得知那确实是一片沙漠后，老爸想到我还没有见过沙漠，所以一向敢于冒险的他，决定一定要让我摸到沙漠的沙子。

于是，我们朝着沙漠的方向驶去，性格豪放的老爸手握方向盘，威风凛凛地驾驶着我们的车纵横草原，甚至开出了越野的感觉。虽然沙漠看起来并不遥远，但是车轮下的路却很长，转了好多圈后，沙漠还是在我们不远的前方，而且我们正面临着油箱竭尽的危险，更重要的是天色越来越暗，我们很可能会被困在这片充满未知的神秘大草原里，大家都打起了退堂鼓，只有老爸依然坚持着不断向前，直到一张铁丝网拦住了去路。老爸看着越来越近的沙漠和渐渐落山的夕阳，权衡利弊之后，毅然决定弃车步行，踏上向沙漠进发的最后征程。

爸爸从早上开始一直在行车，可能体力早已透支，但是信念支撑着他不停地向前走。最累的爸爸走在最前面，我们在后面紧紧跟随，不知走了多久，走出多远，只知道回头已经看不到车的影子，而向前望，沙漠仿佛就在眼前。走到一个上坡时，我抬头看到已经爬上坡顶的老爸停了下来，我想沙漠可能到了，所以用最后一点力气快速地跑了上去，站在坡顶向下俯瞰，第二个爬上坡的我看到眼前的景象，惊呆了……

这一幕是我从来没有想到过的，它出乎我的意料，完全在我的想象之外，它比我想象的更惊人、更奇特，我找不到合适的词语来形容我所看到的景象，因为让爸爸停下的不是沙漠，而是一汪清澈的湖水。在草原与沙漠之间，竟然有一个美丽的湖，像明亮的眼睛注视着我们；像一块蓝宝石镶嵌在草原和沙漠的中间；像一颗流星掉到了地上发出耀眼的光。

在我的头脑中，水与沙漠难以共存，但我却看到了草原和沙漠共同拥抱着生命之源，却看到了沙漠与水最佳的

大自然的杰作

组合，它不仅颠覆了我的视觉，更推翻了我的认知。在夕阳的渲染下，那平静的湖面优雅地泛着柔光，像是羞涩的姑娘红了脸颊，她静静地坐在那里，不声张、不做作，背靠沙漠面朝草原，看日月星辰，赏春夏秋冬。我不知道在辽阔草原的遮挡下，曾有多少人目睹过她的美丽，见证过她的存在。但我能肯定，只要见过她的人，再也无法将她从心中抹去。

当我沉浸在这美丽的景象中时，后面的大部队也赶到了。当每个人看清眼前的一切后，惊诧、讶异之余，欣赏、激动的表情爬上疲惫的面庞。那奇特的一幕，完全打散了我们在草地中行走的种种疲倦，像精神力量和活力电能一样，源源不断地注入体内。我们呆呆地站在坡顶，静静享受着自然给予的视觉盛宴，心中充满幸福、满足与感激。

充完电后，我们按原路返回，重新驶上康庄大道。看着又一次闪起的油表指示灯，在心里的一块大石头终于着地的同时，又由衷地感到，这平坦的公路，似乎没有刚刚那条曲折颠簸但极富神秘感的路有趣。

虽然，最终我也没有摸到沙漠，但是，我看到了大自然中最赏心悦目的景色。并且，由此深知，在平衡的自然法则中，只要付出努力，勇于前行，一定会有意想不到的收获。

这就是神秘科尔沁带给我最深刻的记忆。

悠悠甜如蜜

乍一看这个题目，会以为这是一篇有着悠然甜蜜文风的散文。如果您这么想，我只能说，您想多了。

其实，悠悠是一种野生植物的果实，学名是龙葵草，是一种一年生草本植物，大多生存在荒田里。按理说（我也是刚刚百度的）全国都有分布，但是各地的叫法也各不相同，而且尤数东北居多。在温州，它叫乌龙茄；在山东，它叫天天茄；在河北，它叫野晴儿；在河南叫小孩儿锤头；而在东北，它叫天天儿、星星或者悠悠。

当然，在我对它还没有这么学术的了解之前，我只知道它叫悠悠，很甜。

记得小时候，我跟着爸爸回老家，并在农村见到了这种城里没有的稀奇物种。当我知道这是一种能吃的好东西，并尝到了甜头后，便带着小伙伴漫山遍野地寻找它的踪影。因为它经常野生在人家的庭院里，而且几乎家家都有几株，所以我吃光了自己家的，又会被小伙伴邀请到他们家去吃个爽。

吃遍一圈后，我看着陌生人家院子里不被“重视”的悠悠秧，一股“邪念”油然而生，于是打着“拯救悠悠”的旗号，委派我的得力手下去别人家踩点观察，一旦有发现就及时禀报，然后不辞辛苦地率领我的童子军翻墙跳到别人家的院子里，蹲在墙角，尽情享受一番，有时候还吃不了兜着走，打个包将吃不完的悠悠带走，回家享用。

现在想起来，小时候的滑稽样子依然在目。不过，自2012这个清凉的夏天，那偷偷摸摸的时代已经过去了。暑假，在老家，自家院子里的几株珍贵的悠悠秧又重新勾起了我童年的记忆，让我再一次尝到了悠悠的甜蜜，不过这一次可是正大光明地敞开肚皮吃。

我的悠悠快点熟吧

放假回家，老爸告诉我，东园（爸爸在老家建的小型庄园）的各个园区里，都长了几株悠悠秧，我喜不自胜地马上跑到园子里到处巡视，终于发现了这几个美丽的小东西。刚放假时，悠悠还没有熟透，于是我每天都会到悠悠秧前察看进展状况，盯着它数又熟了几个。

盼着盼着，终于把它给盼熟了。眼看着黑色的悠悠越来越多，我便大开“吃”戒，先是小心翼翼地摘下几颗，一起放进嘴里，像品葡萄酒一样在舌尖吮了很久；然后才一狠心，把它们咬破，丰富甜蜜的汁水瞬间喷满口腔，像味道独特的果汁，在口中细细品味其味道；最后慢慢经由喉咙一路甜蜜咽下肚。

吃过黑悠悠后的一天，我偶然在林园的树下，竟然发现长得和黑悠悠一样的黄悠悠，我询问爸爸，这种悠悠是否也可以食用，爸爸让我自己尝尝，我小心翼翼地摘取了两个放在嘴里，还没等咀嚼，香甜的果汁就渗透舌尖。

此后的每一天，老爸都会在饭前叫上我，一起到园子里享受这饭前水果、开胃小菜，或饭后去品尝如甜点一样的悠悠。几株悠悠秧轮流供应着我和老爸，后来熟的悠悠太多来不及吃，导致很多悠悠熟透了之后直接从秧上脱落，掉到地上，让我惋惜不已。

不过，这也意味着，明年的悠悠会更多，更加甜蜜。

舌尖上的玉米

上海小笼包、兰州拉面、岐山臊子面、西安羊肉泡馍……这些曾在《舌尖上的中国》榜上有名的特色美食一度让众多观众“垂涎三尺”。不过，在我的老家，还有另一种特色小吃，我称它为舌尖上的玉米。

玉米，除了炖菜、炒菜、煮食以及个别地区的烤食之外，你还能想出别的吃法吗？那就看我是怎么把它吞入腹中的吧。

假期的闲适不只体现在日常的轻松，还有我“三烤玉米”的舌尖之娱。虽然，我这也是烤玉米，但是不同于把玉米穿串碳烤的方式，而是像原始人一样把它扔到火堆中，随意烤。

在农村的好处就是，想吃什么，就到自家的小园子里摘什么，玉米也不例外。每天在庭院里散步，看着一排排玉米越长越大，玉米粒越来越饱满，便渐渐萌生出吃了它的想法。老爸说，既然要吃，就吃出点花样，咱烤着吃。可是，我们没有农家的大锅，就没办法用灶坑烤。不过，这可难不倒我们这对敢于冒险的父女组合。没有灶坑，我们有园子，就在后院烤。

第一次烤玉米，为了创新，所以顺带“遭殃”的还有几颗身心健康的土豆。首次尝试，可以说相当“凑合”，尝试的结果就是玉米烤糊了，土豆烤没了。导致这种惨痛结果的过程是这样的：我和老爸先用砖块架起了一个简易烧烤作业台，然后把准备好的玉米瓤子放在砖块中间，最后，点火。

开始很正常，败就败在没有掌握好火候。玉米放在火堆上，由于火力太猛，几分钟的时间，玉米就黑了一面，翻个身继续烤，不一会儿，又黑了另一面。不过，虽说糊了一些，但是与土豆的下场相比，基本还差强人意，而且带着一点儿糊香还挺好吃的。土豆就没有这么好的命了，由于我们的疏忽，导致它们赤身上“战场”，在没有“战甲”的保护下，土豆们很快就赤裸裸地缴械投降了，但都是表面投降，内心反抗——外面一层熟了，扒开一看，心还是硬的。为了让土豆心被烤熟，于是土豆皮糊了，紧接着，土豆的外层部分糊了……最后，所有土豆“壮烈牺牲”在火堆中，化成灰烬。

有了第一次的经历，我和老爸总结经验，吸取教训，过了两天，又摩拳擦掌地准备第二次烤玉米。

这一次，我们取得了显著的进步，玉米和土豆都表现良好。玉米的火候恰到好处，稍微有一些火大，但是口感有嚼劲，玉米的浓香也没有流失，每一颗玉米粒都香甜可口，微微带点炙烤的香味。

土豆方面，有了上一次的惨痛教训，这次我们用泥巴给它们穿上了厚厚的“盔甲”，就是类似于叫花鸡的做法。不过第一次糊泥巴，没有经验可循，所以还是有些不尽人意，泥巴和水的比例不是很协调，以至于泥巴稀得不能成型，糊到土豆上也是湿湿的，晾了好久才足以下火场，还有可能是处于强烈的保护心理，我糊的泥巴让土豆整整大了好几圈，如此厚重的盔甲使得几个大一点的顽固土豆没有熟透。但是，与上一次相比，土豆可以吃已经是很大的进步了，而且不光是可以吃，还很好吃呢。把泥巴的保护层摔开后，一个热乎的烤土豆就诞生了，扒开熟透的土豆皮，一股热气带着土豆的香气扑面而来，让人不可抑制地咬上一大口，土豆又面又甜，在舌尖一抿即化，每个味蕾都触碰到被碾碎的土豆独有的沙质颗粒，热腾腾地在口中咀嚼、吞咽，真是美味！

第二次的成功让我跟老爸受到了鼓舞，于是有了第三次的空前胜利。

第三次烧烤作业，是在我马上要到黑龙江大学报到之前，也就意味着这是我假期最后一次吃自己动手烤的玉米和土豆，所以我跟老爸格外重视。这一次，老爸放手让我自己做前期准备。被予重任的我一项一项仔细地准备着，架砖块、铺玉米瓤、糊土豆泥巴、点火。

最后一次烧烤，吸收了前两次的每个优点，避开了全部缺点，所有的一切都完美至极，玉米依然浓香四溢，土豆不再半生不熟。可以说，这是一餐由玉米和土豆组成的美味佳肴、满汉全席！

虽然，这舌尖上的玉米看起来粗糙低档，与名贵美味相比犹如下里巴人，上不了台面。但是，我相信这是一种特别的味道，一种健康的餐食，除却它们是绿色食品不说，这自己动手的过程，不就是一种特别的健康的享受吗？

不管是玉米还是土豆，这“三烤玉米”都让我沉浸其中，享受到的不只是停留在舌尖上的味道，还有一次次尝试、一次次食用亲手打造的食物的快乐。

天之净

6月带着高考的灰暗轻轻拂去，我带着城市的喧嚣匆匆赶来。在老家的日子里，我不光是静心写稿，整理我“一路玩来是长大”的成长经历，还忙里偷闲地尽情享受乡村带给我的安静与美好。

安逸清净的村庄，空气清新得犹如纯氧，没有一丝人类社会独有的工业杂质。抬起头隔着透明的空气层，可以看到纯净的天空，淡蓝色从眼眸中直接渗入心田，温暖了心里的每一个角落，净化了心里的每一粒尘埃。

天之净，始于晨。

清晨，日光初照，村中寂静但充满生机。视野中失去了高楼林立阻挡视线，更不存在污浊空气降低能见度，一眼可以望到天边。而且，早晨的天空中多数是看不到云的，那才是真正的万里无云。一望无际的天空像一块干净的淡蓝色幕布，没有一丝一隅的遮拦，没有一点一滴的瑕疵。天之净到连阳光都可以用“清澈”来形容，每一缕阳光温暖柔软，均匀地洒在天空中，为眼中的整幅画面增添了完美的饱和度。

即便是有云，那云朵也必定是洁白无瑕的，色泽纯正的白玉也要退居其次。阳光下的云质感貌似优质的棉花，紧紧地缩抱成一团，让人看了有想飞上去捏一捏的冲动。淡淡的几朵白云飘浮在蓝天之中，明媚的阳光恰到好处地打在云端，缠绕于天际。可谓：晨，清于早，净于天，美于心。

天之净，亦净于昏。

黄昏，日落西山，万家灯火影影绰绰，鸡鸣犬吠渐渐消退，乡村特有的静谧与祥和悄悄爬上屋檐。占据有利地形对于观赏美景是至关重要的，站在村后的高地上，向前望可以俯瞰整座小村庄，将家家户户收于眼底。

转过身，即是一片广袤的花生田，从油绿的花生叶可以看出今年花生的良好长势，养眼的绿色涂满了地面，像一块巨大又厚重的毛毯铺在眼前。模糊的地平线呈弧状出现在远方，它划分上下，但衔接天地。沿着绿油油的花生田向上看去，晚霞殷红包裹着落日喷薄。整片天空被血染成红，但并不是浑然一体、成色一致的单色红，而是层林尽染、层层嵌套的3D版，像一滴鲜红的浓墨滴入宣纸，从中心慢慢渲染开来，由浓至淡，直至一丝红晕拂过边际。红日边，偶尔几只归雁飞过，好似一幅动态的“落霞与孤鹜齐飞”，虽没有“秋水共长天一色”，但这般唯美的画面已经足以净化心田，净心如天。

天之净，昼夜更替，昼即晨昏，夜即星辰。

夏夜，星辰月影，万籁俱寂。乡村的路边没有昏黄的路灯，街头没有闪亮的霓虹，空气中没有混浊的工业废气，这使得星光格外明亮，星空璀璨迷人。仲夏，夜风微凉，风动草香，坐在庭院中，看星辰闪烁，真是件惬意又怡神的乐事。

深邃的夜空中，作为只能辨认出几个广为人知的星座的“业余天文爱好者”，面对那些叫不上名字的群星，只好带着一丝愧疚贪婪地欣赏它们的光芒。长时间注视着夜幕，有一种被星空抓住的错觉，视线已经不舍得离开这幅美丽的画，星罗棋布的繁星像网一样罩住了眼球，星斗在撒下巨网的同时，还将点点星光洒在心里。星语星愿，星辰星盘，星星生辉，星夜净天。

天之净，始于晨，亦净于昏。昼夜更替，昼即晨昏，夜即星辰。天之悠悠，净如璃琉，晨昏昼夜，难分春秋。

一路玩来是长大

时间穿越记忆的黑洞，滑过夜梦的清流，伫立在灯火彼岸，欣赏对岸花开，回味已逝韶华。如窗外的雪花，纷扬落下，铺成一片雪白，片片雪花带着对天空的眷恋，仰面凝望飘落的轨迹，回忆曾在云端的丝丝过往。

我虽不如雪花轻盈，但也有自己的一条人生轨迹，一条充满快乐的路。如今，我站在这条路的路口，正值鲜花盛开的季节，路口的树枝上开满了美丽的花，清风拂过，带走几片花瓣，这是花季的路口。

一路走来，我体会了初做小学生的欣喜、戴上红领巾的自豪、合资买铅笔的趣味、回家上学的惬意，经历了穿针引线的自立、第一个本命年的成长、回到长春的感怀、成了文科生的蜕变，感受了“杀”进年级前10名的豪迈、毕业典礼的惜别、蹚过泥泞路的艰辛、天之净的纯美……

站在路口，回首望去，才发现我人生已逝的这十六年是这样的充实、美好。

我曾经很多次地想象，如果当初，我没有跳级，没有出书，没有“不务正业”地玩耍，没有我这“异想天开”的老爸，而是按部就班地如普通学生一样，一年一年老老实实地上学、生活，会是怎样？

也许，凭我的基础和头脑，我会有很高的分数，高考甚至会考到北大、清华；也许，我会选择理科，然后成为科学界的新星；也许，我会学钢琴、学画画，拥有一些别人也有的“特长”，在某一个艺术领域有一番天地；也许，我会厌学，像一些学生一样逃课、叛逆，最后走上不归路；也许，我会过着平淡的生活，秉持着“中庸之道”，做一个平庸、普通的人；也许……

人生真的有太多可能，就像路边有很多岔路口，每个路口都指向不同的未来，选择了一个就不能后悔，哪怕历经千山万水、日夜兼程，也要走到尽头。我这一路，虽然谈不上艰难坎坷，但也蜿蜒曲折，不过，始终都有快乐陪在身边。

从人生伊始，路刚起程，就有无数机会在路旁等候，我最大的机会就是拥有一个与众不同的老爸，他使我走上了一条与众不同的人生路。长路漫漫，我刚刚走了一小段，却已赏过了别人走到终点也不会见到的风景，这当然要感谢老爸。不过，每条路都有自己独特的风景，别人的路与我的不一样，风景自然不同，可能人家的路也很美。但我能肯定的是，我走在路上，快乐始终，别人未必。

一路玩来，从玩过小学、乐过初中，到现在玩进大学，我走出了一条别样的路，在这条路上，我遇到了困难与挫折，得到了磨砺与锻炼，收获了成长与快乐。

回首成长道路的起点，我稚嫩的脚印还轻浅不稳，沿路望来，脚印越发沉稳清晰，脚步日渐坚定成熟。站在路口，站在大学的门前，我的脚印即将踏入大学的门槛，迎接新的朝阳。

小学、中学、大学，未来虽然遥远，但并不渺茫，我愿意用我的青春与年华，一步一个脚印地走出自己的路，就这样一路玩来是长大。

大学篇

Hello，哈尔滨

一提到哈尔滨，纯吃货先想到红肠，小清新先想到冰灯，艺术范儿先想到索菲亚大教堂，南方人先想到冷得冻死人。

哈尔滨就是这样一座有美食、有名胜、有特色的多层次、具象化的美丽的北方城市。

我 6 岁的时候，跟着爸爸来过哈尔滨，虽然已经记不清当时具体的行程，但是从那以后对哈尔滨的感情还是比较深厚的。

对哈尔滨的真正了解，是 2008 年随老爸“万里自驾游”，我们在此驻足了两天，游览了太阳岛、索菲亚大教堂和很多街巷。由此知道哈尔滨是黑龙江省省会，东北北部的政治、经济、文化和交通中心，东北四大中心城市之一，也是中国省辖市中陆地管辖面积最大、管辖总人口居第二位的特大城市。

2008 年暑假，我在哈尔滨索菲亚大教堂前的广场上

那两天我们也吃尽了哈尔滨的各色美食。除了著名的哈尔滨红肠之外，马迭尔系列也是声名远扬的，马迭尔的面包、冰棍、酸奶都是美味中的极品，如果你来到哈尔滨的中央大街，就能看到几乎人手一根马迭尔冰棍的奇观。

另外，想要吃正宗的锅包肉，一定要到哈尔滨来，作为锅包肉的起源地，哈尔滨的锅包肉外酥里嫩，看着就能流口水。当然还有大咧巴面包，被称为哈尔滨一绝，是哈尔滨独特的风味食品。哈尔滨秋林公司和华梅西餐厅生产的大咧巴都已有七八十年历史。这种大面包为圆形，有2.5千克重，是面包之冠，味道也别具芳香，具有传统的欧洲风味。出炉后的大面包外皮焦脆、内瓤松软，香味独特，又宜存放，是老少皆宜的方便食品。

介绍哈尔滨，不得不说的就是哈尔滨的冰灯艺术。冰灯文化始于20世纪60年代初期，是在民间传统艺术形式上发展起来的。它以园林艺术为依托，以建筑和雕塑艺术为表现手法，用电灯光为光源，制作成各种冰的景物。20世纪下半叶，冰灯逐步发展成哈尔滨具有代表性的冰雪文化艺术。每年一届的冰雪节、冰灯博览会成为冰灯艺术的大观园，吸引了大批国内外游客前来观光游览。虽然到现在（2012年11月6日）我还没有看过冰灯，不过我们209（我的宿舍号）已经约好圣诞节时一起去欣赏冰灯的绚丽。

而哈尔滨的俄罗斯风情，更增添了它的韵味。哈尔滨是中国著名的历史文化名城和旅游城市，素有“共和国长子”、“冰城”、“东方莫斯科”、“东方小巴黎”以及“冰城夏都”等美称。特殊的历史进程和地理位置造就了哈尔滨这座具有异国情调的美丽都市，使它不仅荟萃了北方少数民族的历史文化，也融合了中外文化，很多别具欧式风韵的建筑遍布市区。

寒冬将至，哈尔滨作为我国最北方的省会城市，果然名不虚传，为我们呈现了一派冰雪交融的世界。像我这样的北方人还能适应这种气候，一些南方的同学就欲哭不敢流泪了，因为怕眼泪冻在脸上。有一天，一个来自皖南的女生问我：“这边这么冷，我出门应该穿几套衣服啊？”我说：“没事，咱东北室内供暖好，你冬天别出门就行了，出去了多活动胳膊腿，也就不冷了。”

此前的我对于哈尔滨来说只不过是个过客，这次我可算是短期“定居”哈尔滨了。哈尔滨，不管你是否欢迎我，我都带着一片诚意向你扑面而来，并愿与你共度四年时光。所以要郑重地跟这座冰雪之城打个招呼——

Hello，哈尔滨。

走进黑大

跟哈尔滨打完招呼后，该真正走进我即将度过四年的地方了，那就是黑龙江大学。

最初对这所大学的了解，是通过我的一个在此校法学院毕业的姐姐，从她那里知道了一些关于黑大的情况。而真正了解这所大学，是在我的高考分数出来后，通过网络认识的。

黑龙江大学是一所由中国共产党创办的具有光荣历史和优良传统的省部共建重点综合性大学，其前身是中央军委直属的中国人民抗日军政大学第三分校俄文队，1958 年正式更名为黑龙江大学。

2012 年 3 月，黑龙江大学正式步入全国 90 所自主招生院校行列，成为全国唯一非 211 院校中拥有自主招生资格的高校。2012 年，黑龙江大学已在《2012 年中国大学及学科专业评价报告》中被认定为全国重点大学。

黑龙江大学学科门类齐全，现有 33 个教学院部，拥有涵盖文、史、哲、经、法、教、理、工、农、管 11 个学科门类的本科专业 81 个；博士学位授权一级学科 5 个，可设置二级学科博士点 54 个、二级学科硕士点 199 个；拥有 6 个博士后科研流动站，3 个博士后科研工作站。

黑龙江大学师资力量雄厚，名师荟萃、人才云集。有教职员工 3200 余名，其中专任教师 2000 余名，研究生导师 685 人，具有高级职称的教师 900 余人。其中，获得“国家级教学名师奖”6 人，位居全国高校第 19 位，列地方高校第一位；现有全日制在校学生 34000 余名，研究生 5000 余名。

高考结束面临报考选择时，本着离家近但要出省锻炼的原则，黑大等四所学校进入了选择范围。经过层层筛选和综合考虑，最后我的志愿表上只有黑大这一所学校，专业也只有一个新闻专业，几乎是认准了黑大的新闻传播学院。上交志愿表时，老师看到我零星的几个字，惊讶地看着我，问我为什么不多报几所学校，我说就想上黑大，学新闻。

新闻传播学院成立于 2005 年 12 月 28 日，是一个年轻但富有朝气的学院，其前身是 1985 年设立的中文系新闻学专业，也是黑龙江省最早设立的新闻学本科专业。经过20年的发展建设，办学规模不断扩大，学术水平不断提高，已经为黑龙江省以及全国各地培养了1300余名合格的新闻传媒人才。新闻传播学院现任院长是复旦大学新闻学专业2007级博士生、硕士生导师、外国新闻史专家郑亚楠教授。学院现设有新闻学（就是我所学的专业）、广播电视编导、广告学、传播学四个本科专业；新闻学、传播学两个二级学科硕士点；跨新闻传播学和艺术学两个学科；涵盖报纸、新闻杂志、广播、电视、网络新闻等纸质媒介和电子媒介，拥有四个实验平台。

黑大的校训——博学深思，参天尽物，就像一则定理，需要我去践行，去努力。走进大学，走进黑大，发现有那么多的知识是我欠缺的，有那么多的营养是我应该吸收的。

从长春到哈尔滨，从养正高中到黑龙江大学，我长大了，走进了一个新的门槛。在这扇大门里，我想通过四年的努力，成为我想成为的人，走过我想走的路。

战魂 21 连

如果您从头读来，一定还记得“六五三零一”吧？那是我上高中时的军训，我说，那是最特别的。现在，我要来讲一讲大学的军训，我说，这是最刻骨铭心的。

与高中相比，我们虽然没有住到部队去，没有那时训练严格，没有那么艰苦的环境，但从属于战魂 21 连的那 15 天，记忆是永不磨灭的，是永生难忘的。

我又一次参加军训

2012年，8月31日。军训第1天。

这一天，学校没有给我们安排训练，而是召开军训动员大会，说白了就是把全体参训学生叫到体育场，在太阳的暴晒下，用冗长的讲话告诉你4个字——好好军训。围绕这4个字，动员大会开了整整一上午，不巧的是，那天天气异常晴朗，盛夏的阳光可以毫无阻挡地晒到我们的脸上，而且穿着质量良好密不透风的迷彩服，整个人像在蒸桑拿一样，头顶冒着热气。当时我们用冒着烟的脑袋想了想今后15天的军训生活，头上的烟好像更浓烈了。

不过通过大会，我们知道了自己队伍的编号——7营21连1排，我们的排长就是21连的连长。全校来自33个学院参加军训的大一新生共6600余人，被分成了7个营，21个连，我们新闻传播学院（以下简称新闻院）与生命科学学院等其他5个学院共同组成了7营，也就是全校最后一个营，而我们新闻院独立成为21连，也就是全校最后一个连，由此我们自嘲这体现了我们新闻院压轴的“重要性”。另外，我们还了解到，负责训练我们的教官全部来自我校国防教育学院，就是我们学校的国防生，平均年龄也就比除了我以外的其他同学大一两岁，正是因为年龄的差距比较小，使得军训中教官与学生成为了很好的朋友。

当天下午，我们被带到了训练场，由一个教官为我们演示如何叠被，叠正宗的方块被。教官说，今天的任务就是整理内务。于是整个下午，我们都在寝室攻读叠被秘籍，塞书、垫筷子、喷水，各种奇怪的招数全部应用于小小的“豆腐块”上。叠好的被就被当成重点保护对象，任何人都动不得，有人为了免去每天叠被的麻烦和不小心打碎了这块“豆腐”的风险，甚至晚上把被端下床，15天不盖，或者干脆自己睡在桌子上，总之就是把被当“国宝”，善待之，供奉之，我们称之为——供被。可能由于我是军训“老手”，作为参加过3次军训的“老同志”，加之自小老爸就培养我的自理能力，叠被对于我来说，算是小菜一碟，所以我的被是全寝室最像豆腐块的，下午老师查寝时，还被表扬了一番。

光是叠被还不算，内务之严可以用“变态”来形容，请原谅我用了如此夸张的词。大学军训的训练确实没有高中的那么严格，但是就内务而言，大学真是比高中上了个台阶。老师在寝室里宣读内务条例时，说得最多的就是“这儿不能有……”“这儿什么都不要有!”“把这个给我藏起来!”“这儿有，且只能有!”也就是说，桌子上面任何东西都不可以放，所有的物品都要“藏起来”。于是造成了一种奇观——桌面看起来干净整洁，一打开衣柜，大大小小的东西噼里啪啦地往下掉，甚至还有洗脸盆等不应该出现在此地的物品。还有“洗漱用品，牙刷头必须朝向门，牙膏头必须朝向窗户，毛巾也要叠成方块”等各种极品级的内务规定。

所以此后的15天，最让我们头疼的不是训练，而是跟自己的牙刷牙膏较劲。

2012年9月6日。军训第7天。

军训进行到这一天，大家都对训练生活适应了许多，我们每天习惯了早起摆牙刷牙膏，哪怕有一天通知不查寝，牙刷头依然朝向门，被依然供起来。

这一天，我加入了21连的加强排。所谓加强排，就是代表全连参加会操演出而加强训练强度的排。本来并没有想参与如此“自残”的队伍，但是教官说，这是军训最后一次选拔加强排员，最后一个锻炼自己的机会，为了不留遗憾，充实军训生活，我毫不犹豫地踏进了加强排的行列。

相比普通排，加强排的训练确实很折磨人。在普通排，教官身为我们的学长，可能出于一种不忍，所以训练其实不累，教官很照顾我们，高中时是哪儿有太阳往哪儿站，而这次是躲着太阳站军姿。但到了加强排就不一样了，普通排站军姿10分钟，加强排就是30分钟；普通排休息10分钟，加强排就只有3分钟。不过，我很欠揍地觉得，这才更像军训。

2012年9月11日。军训第12天。

军训快结束了。到了这一天每个人都只有这一个想法，没有了对军训的排斥。

那天我们加强排代表21连参加了全师会操。会操前，我们的连旗终于露面了，“战魂21连”几个大字飘扬在体育场，看着连旗，一种归属感和荣耀感油然而生。

训练刻苦当然发挥得很好，连平常一向要求苛刻的营长都冲我们竖起了大拇指，连连赞叹。可结果却不尽人意，我们在21个连队中，得了第11名，这显然是一个不属实的名次，我们自知不是队列最整齐，走得最好的，但是不至于排到这么靠后。连长对我们说：“不管这中间有什么问题，评委有什么差错，我们都尽力了，我们努力做到了最好，这几天的努力大家都看在眼里，你们已经是最棒的了，不要在意那个名次!”我看着旁边的同壕战友，想起我们这几天来的艰辛和汗水，踢腿踢到腿抽筋，站军姿站到脚底麻木，走队列走到鞋底磨平，好友的眼眶泛红，我的心情也变得委屈酸涩，真心感到多日来的努力没有得到应有的认可，不实的成绩让我们相拥而泣，痛哭不止。

2012 年 9 月 12 日。军训第 13 天。

带着对队列会操结果的不平，我们冒着暴雨参加军训大合唱。

阴雨本来应该很打击士气，但是我们的士气却因为这场暴雨越发激昂。站在表演台上，暴雨袭来，没有人伸手去挡雨，没有人怕淋雨而临场退缩，哪怕雨水已经顺着帽檐滴成串，在额头上变成了水帘洞，我们依然屹立不动，准备放声高歌。尤其是亲自充当指挥的辅导员老师，更是以身作则，像队伍的定神针，站在我们面前，站在雨里仍坚持指挥。我们的合唱队伍中没有一个男生，所以如果唱不出歌曲中的豪迈壮志，就注定会失败。于是我们每个人，每个女生都发出了最大的声音，在雨中声嘶力竭地“吼”完了整首歌。

最后，这次大合唱的结果让我们每个人都“心服口服”，我们战魂 21 连的全体女生，凭借一首《我们走在大路上》，为 21 连争得了全校第二！第一名是浑身艺术“细菌”的艺术学院。

2012 年 9 月 13 日。军训第 14 天。

这是正式训练的最后一天，因为第二天就是军训成果汇演和表彰大会。

我们为了筹备第二天的汇演，依然加紧训练，虽然累，但是当意识到军训即将结束时，大家似乎都有些难过。面对教官，这些朝夕相处了 14 天的哥哥们，更多的是感激与不舍。

连长兼 1 排排长白帆，一个爱笑、天真的大四国防生，还有一年毕业，我们是他带的最后一届军训生，所以感情尤为深厚。想起最开始，我们不知道他的名字，只知道他是连长，所以就亲切地叫他“连连”，最后连他自己都很喜欢这个腻人的称号。训练时，他偶尔会幽默地调侃一下，几乎不让我们受太多的苦，休息时，会像小孩子一样过来跟我们聊天甚至玩游戏，但是到关键时刻，总是认真严格地训练我们，说我们绝对不能丢新闻院的脸。

2 排和加强排排长高建男，一个训练严肃但私下搞笑的学长。他跟连长是好朋友，所以我们经常拿他俩开涮。身为加强排排长，他身负会操表演的训练任务，所以对我们的要求自然高于普通排。但会操前，他为了减轻我们的压力，诙谐地对我们说：“没事，他们都不是咱的对手，你们的任务就是——干掉他们。”

还有刚上大二比较内向的 3 排排长，和为了训练把嗓子喊哑的男排 4 排排长。14 天来，每个教官都尽心尽力，为我们的训练耗尽体力，而且他们每天除了要训练我们，还要参加国防生自己的训练，相当辛苦。

那天晚训，我们本以为会为第二天的汇演而加时训练，没想到教官们为了送别我们，特意准备了联欢晚会，带着我们唱歌、拉歌。整个晚训，掀起了好几个高潮，一直到9点多，大家还没有散场的意思。让我最难忘的是，全连向连旗敬礼，向教官鞠躬。看着凝聚了我们心血的连旗，看着那几个字，回想起军训以来我们共同走过的日子，我和几个好友泪流满面。连连说："明年这个时候，我已经毕业了，你们看到下一届军训的学生，能想起我，我就很满足了。你们要记住，咱们是战魂21连的创始人，咱们到哪都有战魂21连的魂!"

最后，连连提议："我们一起唱首《再见》，但'再见'不是结局，所以，我们先唱《再见》，然后以一首《朋友》作为结束。"于是，在我们每天晚训的广场上，我们流着泪，拉着手，一起唱过"再见"再唱"朋友"。解散时，我们秉承解散一声"杀"的惯例，连连深吸一口气，大声喊："解散!"我们拼尽全身的力气喊："杀!"

那声"杀"响彻天际，震碎云霄。

2012年9月14日。军训第15天。最后一天。

上午分列式预演，下午召开军训表彰大会，意味着军训正式结束。站在汇演的体育场，我们进行最后一次讲评，每个教官都对我们说了一番话，都是发自肺腑、真情实意的话。15 天，他们与我们拧成一股绳，全力奋战、努力拼搏，对他们的感激之情是难以用语言表达的，所以我们立正站好，以最庄严的姿态，向全体教官敬礼——敬军训的最后一个礼。我们的手迟迟不愿放下，因为礼毕，军训即彻底结束。

军训结束后，我们还会不经意间走到训练场，轻轻环视我们曾经奋战过的这个年轻的战场；在玩闹时还会开玩笑地唱起军训时学的各种军歌和我们的比赛曲目《我们走在大路上》；在校园里偶遇教官，我们还会叫他们排长、连长；遇到学院里面熟的同学，不会问班级，而是先问你是哪个排的？然后感叹原来是同排的战友。

这就是军训带给我们的。15 天，说长整整半个月，说短我们还没有好好感受军训的细微深处，就已经匆匆结束。但这 15 天带给我们的影响，也许会蔓延 15 个月，甚至是 15 年或一辈子。

战魂 21 连，教会了我太多太多，它是我大学的第一课。

我永远不会忘记 7 营 21 连，全校最后一个营最后一个连，它是唯一的战魂 21 连。

第一次面试

上大学真的打破了我人生中许多个“第一”，在众多“第一次”中，让我觉得最失败的，就是第一次面试。

军训期间，在学校主要社团纳新时，我纠结了好久，最终在校有线广播台周末组和校报记者团新闻采编部报了名，锻炼自己的主持能力和采访能力。

报完名的几天后，我接到了广播台周末组负责人（就是我现在的师傅）的电话，电话中她显得很激动，一遍一遍地确认我是否报了周末组，我想她应该是知道我的一些情况。

面试前一天，说实话我有些紧张，其实以我的经历，紧张是不必要的，但那毕竟是我第一次面试，对于面试，我没有任何经验，所以紧张应该可以理解。室友好心安慰我：“没事，他们知道你是范姜国一后，一定会把你留下的。”我说：“我希望他们不知道我是范姜国一，也把我留下。”因为我不想凭借我的名字通过面试，我需要的是对我能力的肯定。

2012年9月8日，下午5点30分，我坐在3号教学楼的校有线广播台考场笔答试卷。笔试结束后，我们排队等待着面试。

轮到我时，我隐约听见几个负责面试的学姐在说："她就是那个15岁小才女!"听闻此言，我有些失落，心里想，室友真是说对了。

先是30秒的自我介绍，我刚说出我的名字，下面的学长就已经开始自己往下接，基本没用我说什么。然后是两分钟的模拟主持，按照我此前的想法，我选择了一个校园点歌类节目，念出了自己写的主持稿。可能是由于紧张或者其他因素，我自认为发挥得很差，声音发涩，语速较快，没有读出我预想的结果。但面试官的反应却超出了我的预想，他们一致认为我表现良好，而且当场就问我对哪个栏目有意向，甚至各栏目已经开始"抢夺"我这个"优秀人才"，最后一个学长说的一句话让我彻底知道了结果："保持你的手机畅通，我们会尽快通知你面试结果。"还给了我一个满意的微笑。

出了考场，我深知99%会通过，但心里却不怎么开心，有一种深深的挫败感。明明发挥得不太好，这些学长还是对我赞叹有加，这让我不得不多想。郁闷的我给老爸打了个电话，爸爸安慰我说："你的名声为你加分肯定是有一部分因素，但不是全部原因，可能你发挥得比其他的学生好一些，再加上你的名字，所以人家就热情地留下了你。就算是咱们的名气影响大些，既然人家信任咱们，看好咱们，你就应该努力证明你的名字不是白给的，别让那些看重你的学长失望，今后的成绩才能说明一切。是不是?"

于是，带着份感激，我通过面试，在广播台尽心学习。

现在，经过近两个月的锻炼，我比刚入台时有了很大的进步，让我的师傅们（刚入台的新生称带自己的学哥学姐）由衷地替我开心。而且在那第一次面试不久之后的记者团面试，我的紧张完全消失，放松了心态，发挥正常，顺利进入记者团，成为实习记者。

第一次面试虽然让我感到失落，但它告诉我人生并非一帆风顺，必须通过努力证明自己。这次经历，也让我有了奋斗的动力，让我不断向前，在被一次小小的失败光顾后，依然自信地走下去。

走进录音间

前文提到，我参加了两次面试，并且分别顺利通过，成功加入校有线广播台和校报记者团，成为临时台员和实习记者。

记者需要笔杆子，广播台里更注重的就是金嗓子了。与台里那些广播电视编导和专业主持人方向的同学相比，我只是业余的，主持能力和声音大大不如人家，所以最开始，听到别人的节目时，我有一点点小自卑。

其实这不是我第一次走进录音间，早在初二时，我就是学校广播站的广播员，而且相比现在的录播，那还是直播呢。不过这麦克一放就是四年，再说初中时对嗓音等专业性没有更多的要求，把稿读顺，让同学们听清楚就达标了。如今再走进录音间，久违的熟悉夹杂着陌生的怯意，纠结着我的嗓子，于是第一次录小样，自我感觉很失败。

那是军训刚刚结束的周末，师傅向怡姐（就是我面试前跟我电话确认多遍的周末组组长）带我到广播台录小样。这是周末组开的一档全新的读书类节目，主要为同学们推荐各种好书。由于是新开的节目，所以无可借鉴，没有头绪以及节目定性，只能凭我们自己在尝试中找节目方向。

第一次录小样，我写的广播稿是推荐《穆斯林的葬礼》，本来自己私下练习时感觉还可以，但是一坐到录音间里，面对话筒，看着向前滑动的音轨，就忘记了之前练习的状态。不知是书的气氛太沉重，还是师傅坐在旁边有些放不开，总之录完试听起来很压抑，没有活力和沟通感，刻意念稿的痕迹很重。而且我的语速太快，本来准备的三分钟的稿子，我不到两分钟就念完了，完全没有表达出原本想要抒发的情感。

录了很多遍后，依然没有达到预期的效果，我有些灰心，师傅一直在旁边鼓励着我，告诉我放开声音，把语速放慢，多糅入些感情，就会好很多。后来因为我临时有事，第一次的小样就这样劣质低等地诞生了。

第二次进入录音间，感觉就好了许多，似乎适应了录音间的环境，但是还是感觉声音很生硬，师傅说我的交流感比较差，容易让听众产生距离感，我应该想象听众就坐在我面前，用聊天的方式给对方介绍一些好书，用很温暖轻松的语气微笑着与好朋友交谈。我一点一点记在心里，然后回到寝室照着镜子微笑着读广播稿，一直读到口干舌燥、脸部僵硬。

也许是微笑的作用，第三次录小样是我目前为止自己最满意的一次。虽然我不是周末组声音最好听、节目做得最好的，但是我想大言不惭地说，我的进步真的很大，而且对于声音和主持能力不再自卑。从第一次的小样我自己都不想听，到听第三次的小样是种享受，这种变化就是我的进步。

现在，我已经是广播台的正式定编台员了，不过还处于学徒阶段，所以我的声音还不能从学校的播音柱里传出，我一直期待着那一刻，播音柱中的声音属于我的那一刻。也许不久的将来，我就能听到“亲爱的同学们，大家好，这里是黑龙江大学有线广播台周末组为您带来的书香小屋，我是你们的好朋友依依。”

就像广播台的台训——热情、感恩、责任，最初萌生加入广播台的想法是源于对主持的热情，而后在发挥失常的情况下被学长信任通过面试，带着感恩进入周末组，最后，本着对节目负责，对广播台、周末组和我自己负责，这份责任一直鼓励我挑战自己。

现在，走进录音间，用心把自己对好书的看法融入声音中，让声音散发出浓浓书香，然后娓娓道来。让同学们听到好书，闻到书香，这就是我走进录音间最大的快乐。

实习记者范姜国一

第一次把这八个字放在文章前面，有些不习惯，按校报的稿件格式，这八个字应该在文章的后面，目的是告诉读者，这篇新闻稿是一个叫“范姜国一”的实习记者写的，而这次把它放在前面，目的是告诉读者，这篇文章是写一个叫“范姜国一”的实习记者的。

记者这个职业对我来说并不陌生，从身边说老爸是资深记者，从小受这种职业熏陶。从自己说自出版《玩过小学》后，就没少跟记者打交道。但是记者两个字放在我的名字前面，作为一种身份的象征，从被人采访到采访别人，这种变化，是第一次。

进入校报记者团后不久，就有了第一个采访任务。师傅本来让我们几个徒弟都去采学校社团纳新活动现场，但是又临时通知我，让我跟着她去采一个讲座。对于一个实习记者来说，刚刚开始就有个讲座可以采，是很幸运的。所以激动的我特意给家里的资深记者打了个求助电话，远程请教了些采访的基本常识。

第二天中午，师傅带着我进入讲座现场，进去我就愣住了，因为横幅上写着——为了韩中关系的美好未来和21世纪全球化人才，主讲人是韩国驻沈阳总领事馆赵百相总领事。根据横幅的字面意思，这个主讲人是韩国人，那么他应该不会汉语。再看记者席后面的观众席上，坐着的都是韩语院的学生，这让我基本知道了这个采访的难度。

讲座开始，师傅小声对我说："不出意外的话，这个讲座应该有翻译，如果不幸没有，就问旁边韩语院的学姐，让她们帮忙翻译，自己见机行事就行了，别紧张。"然后便撇下我和另一个实习记者，坐到了远方的前排记者席上。

幸运的是，翻译确实有，但是翻译似乎想锻炼一下我校韩语院学生的听力，所以互动环节完全是韩语对话，让我们很无奈，只好不停地问周围的学长。整个讲座听下来，我们比主讲人还累。不过我还是很兴奋，第一次采访就遇到了这样国际化、高水平的讲座，实在是我的荣幸。而且回到寝室写这篇新闻稿时，也觉得这份经历虽说搞笑但难能可贵，后来这篇稿件还得到了师傅郭爽学姐的表扬，说我写得不错。

此后，我还采访过入党积极分子培训班开班式、校报记者团培训大会、第六届职业生涯规划大赛等活动。有一段时间，为了写新闻稿，一看见学校里有新闻价值的活动的通知条幅，就会赶紧记下来，甚至有些神经过敏，确实很培养新闻敏感性。通过一篇篇练笔的稿件和师傅细心地校稿讲解，我知道了“本报讯”要写在题目下面的格式，知道了外来领导的名字应该放到本校领导前面的礼节，知道了领导职务在其名字之前的语序……

校报记者团是我第一个实现记者梦的地方，它不仅让我锻炼了自己的新闻写作能力，更教会了我很多人生道理，例如坚持的力量。

记者团新生见面会上，杨海全团长为我们2012级的小记者讲了他对记者团的感情，并给我们传授了很多经验。团长说记者是很辛苦的一个职业，尤其刚开始的时候，每天奔波于风雨中，采访完活动马上跑回寝室写稿，只为了写出好的新闻，最大的动力就是看见自己的新闻稿被刊登在报纸等媒体上，虽然累，但从未后悔。所以，团长与我们分享了一句话——既然选择了远方，便只顾风雨兼程。

我不求风雨之后有多美丽的彩虹，只求在风雨中体会自己努力实现梦想的充实，体会把“实习记者范姜国一”变成“记者范姜国一”，并让这六个字经常出现在新闻稿后面的快乐。

触碰“新闻”

要说“触碰”，也许在我出版《玩过小学》时，我就作为“被触者”与“新闻”有交集了。但与“新闻”真正接触，是上大学之后，源自于我的专业——新闻学。

说来奇怪，第一次触碰“新闻”不是在专业课上，而是在上大学以来的第一场讲座中。

2012年9月17日，那是军训结束后正式开课的第一天，那天的课程中没有专业课，只有体育课和思修课（思想道德修养与法律基础课）。不过晚上，我们新闻传播学院在学校的阳光讲坛组织了一场讲座，要求全员参加。

抱着激动的心情，坐在阳光讲坛的观众席，通过大屏幕得知，这场讲座的主讲人是上海《新民晚报》的高级记者、《新民晚报——社区版》主编，同时还是我们黑大1977级中文院的优秀校友顾龙老师。讲座的主持人是我们新闻传播学院院长郑亚楠教授，由此可见这次讲座的重要性。

顾龙老师主讲内容是社区报在中国的发展现状和前景，其中涉及很多新闻知识，提到了许多像“大众传播”、“分众传播”、“报业职业经理人”等新闻专业词汇，还讲了一些关于新闻采访与写作的注意事项。总体感觉专业性很强，专业知识囊括度很高，让我们这些虽然专业对口但还没有上过专业课的门外汉收获颇多。

第二天一早，我们便迎来了第一节专业课——中国新闻传播史。老师是一个长相很具有历史感的中年男子，由于我们所在的教室需要实况录像，而且作为精品课，录像会直接上传到网上，供他人学习，所以课上老师一直很严肃。下课后，老师便换上一副笑脸，跟我们闲聊起来。

第一堂课，老师给我们讲了威廉斯表盘、《唐代邸报》和《开元杂报》等内容。上课前，我还“弱智”地以为老师是主讲新闻传播史的，因此可能只对新闻方面的历史精通了解，可是没想到老师对于中外思想史、政治史、经济史等其他方面的历史也了如指掌，让我们敬佩不已。虽然是历史课，但并不是枯燥乏味的，老师经常给我们讲一些新闻史的轶事趣闻，整个课堂不仅知识涵盖广，还生动有趣，以至于现在我们不得不每堂课提前三十分钟去占座，还经常败给其他更有魄力的同学，可见其受欢迎的程度。

另一门比较有特色的专业课就是“新闻学概论”，说它有特色是因为老师讲课有特点。记得第一堂课，老师作自我介绍时，教室前方的幻灯片上这样写着：“段卉，一个好人，半个记者，小小讲师一枚。”如此诙谐幽默的自我介绍，让我们对老师印象深刻。段卉老师的讲课方式也很特别，基本上不用课本。因为老师有做过记者的经历，所以对于“新闻”有自己独到的见解，这也就是老师不用课本依然能够面对我们滔滔不绝地讲述“新闻”的原因。

正式开课两个月了，对于我的专业，我已经基本适应，并慢慢投入其中。

从小时候被动触碰“新闻”，到上大学主动接触这个专业，我想这应该能够说明，选择“新闻”，是我想要触碰它由心而生的快乐。

回家的路

2012年9月28日，星期五，是我走进大学的第31天，正式上课第11天，也是回家那天。

由于第二天没有课，所以我的国庆加中秋小长假是从那天下午的最后一节课下课开始的。不幸的是，假期伊始，我便险些误了回家的火车。

因为这是上大学一个月以来第一次放假回家，所以每个人都很重视，室友甚至在军训时就张罗着要订火车票。我虽然没有那么夸张，不过也有一点点小激动，也许是被放假冲昏了头脑，以至于我的回家路从订票就开始曲折坎坷。

为了错开假期订票高峰，我特意过了订票最早期限才开始准备订票，但还是稳稳妥妥地撞到了这座高峰上。学校门口的火车票代售点排队买票的队伍都排到了马路对面；电话订票也障碍重重；网上的票早就被全部订完；去火车站又嫌太远，耽误时间。最后，终于在学校附近找到了一个人不太多的代售点，于是委托也要买票的同学帮忙带一张，再三嘱咐“要29号中午的”，票到手后舒了一口气的同时，才反应过来，我29号没有课，为什么要等到29号中午走？28号下课就可以回家了啊！

于是，最终绕了N个圈圈后，还是无可奈何地到了火车站，改票。

改完票发现，这赶火车的时间有点紧，我当天下午5点下课，火车6点20到站。如果是平常，这个时间还是很充裕的，我坐公交车都来得及，但是赶上节假日，堵车应该很常见，打车都有可能误点。

在老爸的建议下，我找到了几个同一时间下课的同学，商量好一起打车去火车站，为确保万无一失，我们还提前打电话订了一辆出租车，约好到学校门口来接。看起来很完美的计划，但计划永远没有变化快。

28日上午，哈尔滨开始下雨，到了下午也没有要停的意思，而且越下越大，地面积水越来越多。这种路况更容易造成堵车，为以防万一，我在上课前特意找了老师请假，跟老师说明情况，通情达理的老师说他早上来上班时主要街道就堵得很厉害了，所以很豁达地准了我半个小时的假，让我提前下课。

下午4点半，我从教室跑回了寝室，风风火火地收拾完东西，拖着大包小包，跟同学在学校门口等待定好的出租车。5分钟过后，仍不见出租车身影。电话打过去，人家堵在来学校的路上了。

我们几个顿时像失去了精神支柱，校门口当时的状况是来一辆出租车就会被截走，几乎没有打到车的可能。但，那天的变化都很完美，几分钟我们就碰到了一辆空车。

上了车，悬着的心算是放下一半。我弱弱地问司机："师傅，现在去火车站的路堵车吗?"司机笑着说："何止是堵啊，你们走着都比车开着快!"司机说主要的通往火车站的路都堵得水泄不通，只能从桥上绕（我没记住是什么桥，当时只顾着急了），赌一把吧。刚刚树立起的精神支柱再次倒下，心又悬了起来。

一路上，我几乎隔两分钟看一下时间，眼看着从4点多跳到5点多，天都黑了，雨还没停。幸运的是，这个司机的智商比较高，走了一条虽然绕远，但几乎全线通畅的路。将近6点，车开到了一座立交桥下，远远望去一片车海，司机说只能送我们到这了，前面堵得太厉害，沿着这条路一直往前走就是火车站。

我拖着旅行箱，像一个信仰坚定、朝着圣殿进发的虔诚的信教徒，在雨中保持匀速不停地向前走。6点10分，我看到了“哈尔滨”三个字在雨夜中发着亮光，那是一种真实的看到希望的感觉。

虽然这是我第一次走进哈尔滨火车站的候车厅，但凭着对方向的直觉，我没有在找候车室上浪费时间。走进候车室，看见前方的指示牌写着“K296”，放松心情地眨了一下眼后，车次后面多了四个字：“开始检票”。一切都那么完美，时间刚刚好。

如果我没有提前半个小时从教室里出来，没有正好碰到空的出租车，没有遇到一个高智商的司机，没有恰巧直接找到候车室……不用说这些加起来，只要有一项出现问题，就足以让我错过时间，在夜幕下的哈尔滨火车站，独自等候下一班回家的火车。

踏上火车，坐在座位上，回想着从教室里跑出来，直到火车开动的这一路艰辛，我想这是上大学一个月以来，生活给我上的最完美的一堂课。

它告诉我，在回家的路上，学会长大！

/后 记/

《做父亲的幸福》和《一路玩来是长大》是我和女儿范姜国一最得意的作品。最好的作品当然要给最好的出版社，所以在书稿杀青之前，我想通过招标，找到真诚守信、有实力的出版机构，有信心将其做成读者喜欢的优秀畅销书。

为此，我将《东子、范姜国一父女图书招标书》发给向我约稿的几十家出版机构，大多数出版单位对这两个选题抱有兴趣，但是由于出版条件偏高，有一半的出版单位为此忍痛割爱，剩下的十几家出版单位，与我商谈具体合作事项。

此时，一个电话从北京打来，那天是星期五，时间是晚上 9 点。一般情况下，晚上我很少接陌生人的电话，按礼节这个时间也不该给不是很熟悉的人打电话，但我还是有些不情愿地接起了这个电话。这时，一个清脆的女声从听筒里传来："东子老师您好！这么晚打扰您休息了。我是北京师范大学出版社的编辑谢雯萍，今天得知您和范姜国一的新作正在招标，我们很感兴趣，不知您能否将相关资料也发给我们一份……”

次日上午，我将此次招标的有关资料发给雯萍老师。24 小时后，雯萍老师回话说，他们社决定接受我的全部招标要求，希望能够合作。得到这个消息，我没有马上答应签约，而是善意地告知对方一定要慎重考虑。雯萍老师回复说，他们是经过认真研究后作出的决定。

回顾这次短暂的交流过程，我感受到雯萍老师是一个非常敬业的编辑，北京师范大学出版社是一家极具魄力的出版社。通过网络查询，得知谢雯萍老师是北京师范大学毕业的博士，做过很多畅销书；北京师范大学出版社则是一家颇具实力的出版机构。

为了这部书稿，连夜给作者打电话，着实令我感动；为了能够拿到这套书，出版社在一天内做出决定，让我看到希望。星期五晚上打电话，星期六接收资料，星期日决定合作，这所有的工作都是在 8 小时之外完成，没有一种超强的责任感和敬业精神是办不到的。所以，我没有理由不相信这样一个团队。由此，我婉拒了其他正在商议合作的出版机构，决定将这套书“嫁”给北京师范大学出版社。

三天后，我收到了从北京发来的出版合同，至此成功签约。

为了能够做好这套书，2012 年 10 月中旬，我应邀到北京师范大学出版社就该书的编辑、推广等事宜，会晤了总编辑叶子博士、副总编辑李艳辉博士，并与畅销书运作团队和责任编辑谢雯萍老师进行了深入交流。于是，就有了您面前的《做父亲的幸福》和《一路玩来是长大》。

每出一本书，都要感谢一些人，东子的书是这样，范姜国一的书更是如此。因为孩子一路走来，得到了很多人的帮助，没有这些人的帮助与支持，就没有《做父亲的幸福》和《一路玩来是长大》。

所以，借本书出版之机，首先要向山东省龙口市小天鹅幼儿园园长蔡伟光，班主任王晓珍；浙江省杭州市新世纪艺术幼儿园园长林宏菊，班主任张薛；吉林大学第五幼儿园园长张玲，班主任李文静；吉林省长春市 228 厂子弟小学班主任田静、李波；山东省龙口市黄城集小学校长张延新，班主任温建梅；辽宁省大连市第 77 中学校长汪祯学，班主任李虹；辽宁省沈阳市第 141 中学校长顾玉秀，班主任柏楫；吉林省长春汽车产业开发区第 8 中学校长周国兵，班主任董桂芝；吉林省长春市养正高级中学校长孙永强、张劲松，班主任徐丽琴、刘淑燕、李丽；黑龙江大学新闻传播学院院长郑亚楠，书记张学成，辅导员高强等范姜国一就读过的学校老师及同学们表示感谢，是他们的辛勤付出和陪伴，才使女儿一路玩着长大，才使我成为一个幸福的父亲。

同时，要向多年来对小女范姜国一的成长，倾注心血和提供帮助的中华教育艺术研究会理事长李燕杰教授，中国青少年研究会副会长黄志坚教授，湖南出版集团常务副总经理彭兆平女士，湖南人民出版社社长谢清风博士，漓江出版社总编辑李朝晖先生，重庆出版社副编审杜虹女士，原《城市晚报》总编辑杨光先生，《东西南北》杂志总编辑王奎龙先生，吉林电视台编导窦静女士，吉林人民广播电台节目主持人红雨女士，吉林电台驻松原记者站主任记者沈树立先生，吉林扶余电视台新闻中心主任施朝凤先生，以及吉林大学第一医院儿科主任医师陈灵教授、解放军第208医院妇科副主任医师周媛教授、北京父亲参与促进中心总干事温志刚先生、重庆协和心理顾问事务所所长谭刚强教授、重庆现代商务学校校长朱腾永先生等师友表达真诚谢意。

在此，还要特别感谢我的学生、女儿最好的姐妹柳丹和本书的责任编辑、北京师范大学出版社副编审谢雯萍博士。是丹丹的相伴，才使范姜国一经历苦难依然阳光；是雯萍老师的努力，方使这套书花落北师大出版社，感谢她为此书的编辑出版付出的辛劳。

《做父亲的幸福》和《一路玩来是长大》摆在您面前了，如果此书能够让家长对教子有所感悟，那将是东子的幸福；如果能够为孩子们带来快乐，那将是范姜国一的幸福。

东 子

2012 年岁末于长春